내		몫	의		사	랑	을	
	탕	진	하	고				
지	금		당	신	을		만	나

장석주
산문집

내 몫의 사랑을
탕진하고
지금 당신을 만나

풍경, 시간, 당신에 관하여

마음
서재

잘 있어요,
당신

지난여름, 우리는 무더위가 덮친 서울을 떠나 저 남반구의
두 도시, 시드니와 오클랜드를 여행하고 돌아왔어요. 늘 일에 파묻혀 살 수
는 없으니까요. 여름 더위와 권태에 지쳐 아이스티의 얼음이나 깨물며 지내
다가 비행기로 열 시간 넘게 걸리는 남반구의 도시로 여행을 떠났지요. 우리
여행이 일탈, 신기루를 붙잡으려는 헛된 시도, 한 모금의 사사로운 행복을 찾
는 도피라고 해도 좋아요. 여행에서 구하는 것은 씁쓸하고 달콤한 멜랑콜리
의 찰나들, 관습의 굴레를 벗거나 내 안에 사는 연약한 동물의 필요에 응답
하는 것, 내가 쥐고 있는 시간을 돈과 맞바꾸는 노동에서 벗어나 무위無爲로
써 삶을 기르는 일입니다. 휴식, 잠, 여행은 노동의 메마름에 대한 보상이지
요. 그렇지 않다면야 애써 낯설고 먼 고장을 헤매 다닐 필요는 없겠지요.

내 몫의 사랑을
탕진하고
지금 당신을 만나

시드니는 겨울이라 우리는 여름 속의 겨울로 뛰어든 셈이었지요. 시드니 교외의 주택 뜰에 서 있는 목련나무는 가지마다 흰 꽃봉오리를 맺고, 부엌 창가의 금귤나무는 황금빛 열매를 가득 매달고 있었지요. 여기는 한겨울이라도 기온이 영하로 떨어지지는 않아요. 한국의 봄날 같은 날씨, 유칼립투스라는 상록 교목의 숲 위로 가득 펼쳐진 파란 하늘과 흰 구름, 고요한 시간은 마치 누군가에게서 받은 선물 같았지요. 우리는 초록 풀밭과 호수가 어우러진 공원에 나가 물 위의 새들을 관찰하거나, 옛 벗과 새로운 벗을 만나 레스토랑을 찾아 맛있는 음식을 먹거나, 왕립식물원이나 자연사박물관을 둘러보았어요. 베란다 소파에서 햇볕을 쬐며 책을 읽거나 나른한 몽상과 함께 추억을 소환하는 일로 소일했지요. 짧은 황혼이 지고 황망하게 어두워지며 다가오는 남반구의 칠흑 같은 밤에 우리는 자주 고적해졌어요. 우리는 벽난로 앞에서 고적함을 안주 삼아 와인 몇 잔을 삼킨 뒤 꿈 없는 잠을 잤어요. 시리도록 아름다운 바다를 끼고 있는 이 남반구의 도시에서 꿈결같이 지내는 내내 우리는 마음의 근심을 다 내려놓고 잘 먹고 잘 살았어요. 아마도 알베르 카뮈가 〈여름〉에서 썼듯이 "겨울의 한가운데에서, 나는 마침내 내 안에 꺾이지 않는 여름이 깃들어 있음을 알게 되었다"라고 말하고 싶었겠지요.

이국의 도시를 여행하면서 새벽마다 당신에게 짧은 편지를 썼어요. 삶이란 8할의 우연 속에서 번성하고, 2할의 땀과 수고로 이루어지는 그 무엇이지요. 운명을 창조하는 그 많은 만남과 이별도 그 8할에 속하겠지요. 아무튼 헤어진 지 오래입니다만 당신을 잊은 건 아니에요. 당신이 어디에서 무얼 하며 사는지 모릅니다. '잘 있어요, 당신'이라고 안부를 담은 내 편지는 연애편지일까요? 그게 연애편지인지 아닌지는 잘 모르겠으나, 분명한 것은 부칠 수 없는 편지라는 것이지요. 수취인 불명의 편지라니! 지금 부재의 존재로써 내 안에 그리움의 깊이를 만드는 당신에게 묻고 싶은 것들이 있어요.

당신은 연둣빛 새순 앞에서 가슴에 차오르는 벅찬 기쁨으로 울어본 적이 있습니까? 당신은 얼음장 밑으로 흐르는 물소리를 들으며 행복했던 적이 있습니까? 당신은 새벽 산 능선 위로 번지는 여명의 빛에 마음이 더워져서 강렬한 생에의 의지를 느꼈던 적이 있습니까? 당신은 젖 냄새 물큰한 아기를 안고 생명의 충일감을 느꼈던 적이 있습니까? 당신은 눈 쌓인 대숲에서 일획을 그으며 포르릉 나는 참새의 기척에 설화가 분분하게 날리는 광경을 보고 한참 동안 황홀했던 적이 있습니까? 당신은 부엉이가 우는 밤에 하

내 몫의 사랑을
탕진하고
지금 당신을 만나

는 일마다 실패하는 미욱한 제 모습이 미워져 목 놓아 울어본 적이 있습니까?

　　　　여행을 끝내고 돌아온 것은 여름이 끝날 때였어요. 복숭아나 포도 같은 여름 과일의 끝물이 청과물 가게에 나올 무렵, 우리는 조촐한 일상의 리듬으로 귀환했지요. 파주 교하에서 생활을 꾸리며 날마다 사과 한 알을 먹고 산책에 나섭니다. 아직 개나 고양이를 기르지는 않아요. 가끔 행운을 기대하며 복권을 사지만 당첨된 적은 없어요. 맥주는 시큼해서 더는 마시지 않고, 마리화나 따위를 가까이하지도 않아요. 몸이 아프거나 영혼 깊은 곳에 우울증을 안고 있지도 않아요. 그저 미약하게나마 계절의 영향을 받아 기분이 울적해지거나 지나치게 좋아지지요. 그러나 대부분의 심심한 날을 심심하게 지낼 뿐이지요. 파주출판도시의 '행간과여백' 같은 북카페에 가서 원고를 들여다보고, 점심으로 메밀국수나 사 먹고, 교하도서관에서 책이나 한 아름씩 빌려다 읽고, 헤이리의 '카메라타'에 가서 고전음악을 듣고 돌아오는 사이에 가을이 쓸쓸하게 지나갔어요.

　　　　올겨울 파주에는 눈이 참 많이 왔어요. 눈이 내리고, 내리고,

내렸어요. 눈 내린 새벽이면 시린 무릎에 담요를 덮고 시집을 읽었습니다. 얼음과 서리의 계절에 하는 온천욕을 정말 좋아하지만 온천이 있는 고장을 일부러 찾지는 않았어요. 그저 빌리 조엘의 노래나 바흐의 푸가에 귀를 기울이며 봄을 기다립니다. 그사이 통영과 제주도 여행을 한 차례씩 다녀오고, 새로운 책 몇 권이 나왔어요. 응달진 곳에 쌓인 잔설이나 바늘잎나무의 푸른 기색에도 심드렁합니다. 기온이 영하 십오 도 이하로 떨어진 날, 냉각된 공기가 비강으로 밀려들 때 식초 몇 방울이라도 떨군 듯 점막이 따끔거렸지요. 한파에 세상이 다 얼어붙었지만 어딘가에서 봄은 오고 있겠지요. 공동주택 단지 안 목련나무와 벚나무 들의 꽃눈과 저 늪지의 버드나무나 숲속 갈참나무들의 잎눈이 차츰 도톰해집니다.

오늘 파주 교하 일대는 안개가 자욱합니다. 날은 푸근하고 눈이 녹아 노면은 질척거리지요. 방금 아내와 공동주택 단지 내 헬스클럽에서 운동을 하고 돌아왔어요. 흙처럼 상쾌하고 찬 공기가 운동하며 흘린 땀과 체열을 식히네요. 할 일은 다 마치고, 오늘 서둘러야 할 일은 딱히 없어요. 공자가 《논어》에서 말한바, "꼭 그래야만 하는 일도, 절대 해서는 안 되는 일도

내 몸의 사랑을
당진하고
지금 당신을 만나

없다"는 게 실감날 때 우리가 할 일은 단 하나, 카르페 디엠^{carpe diem}! 욕심을
비우고 단순하게 살며, 의로움을 따르고, 작지만 확실한 행복을 붙잡는 것!
파블로 네루다가 노래하듯 "일어서고, 노래하고, 뛰고, 걷고, 구부리고, / 심
고, 씨 뿌리고, 음식하고, 망치질하고, 쓰고"가 순정한 삶의 전부라면, 봄날은
"노래하는 전보를 갖고 있는 시골 아이"인 듯 달려오겠지요. 봄날의 곰같이
이 봄볕의 행복과 평온을 온전하게 누릴 수 있다면 삶은 지루해질 틈도 없겠
지요.

오늘 아침 팔다리는 멀쩡하고 눈은 밝으니 인생이 즐겁게
느껴지네요. 누군가 먼 곳에서 흙처럼 향내가 나고, 해초처럼 명랑한 당신을
그리워하고 있음을 기억하세요. "내 사랑, 벌꿀통과 뒤뜰의 여왕, / 실과 양파
의 귀여운 표범, / 나는 당신의 소규모 제국이 반짝이는 걸 / 보기 좋아한다
; 당신의 무기인 밀랍과 와인과 기름".* 포도넝쿨은 시들고, 벌꿀통 하나 없으
며, 먼 절에서 뎅뎅 울리는 종소리도 없는 적막한 여기, 당신은 없어요. 어쩌

---

* 파블로 네루다, 정현종 옮김,《100편의 사랑 소네트》, 문학동네, 2004, 54쪽.

장석주 산문집

면 당신은 멀리에 있습니다. 어린 시절 뒤뜰을 잃어버렸듯이 나는 당신을 잃었어요. 이 부치지 못한 편지를 당신이 읽을 수 있을까요? 당신은 내 고독한 실존 속에서 부재의 은총, 개종하고 싶은 유일한 종교, 내 안에서 피어난 첫 모란, 시무룩이 와 있던 저녁을 밝히던 기쁨의 불꽃이었어요! 어느 먼 곳을 혼자 걷고 있을 당신에게 내 일인분의 고독과 슬픔, 내 일인분의 방황과 기쁨을 보냅니다.

잘 있어요, 당신.

2018년 입춘 새벽,
장석주

내 몫의 사랑을
탕진하고
지금 당신을 만나

차례

가장 어두운 시대에조차
어떤 등불을 기대할 권리가 우리에게 있다.

— 한나 아렌트(1906~1975)

당신도 떠나보세요

몸과 머리를 함부로 탕진해버린 제게 여행이란 처방전이 필요했어요.

낯선 장소는 새로운 생각을 낳지요.

거기가 어딘지는 그다지 중요하지 않아요.

당장 떠난다는 것, 간절함과 갈망을 품고 지금 여기를 벗어나

멀리 떠나는 것만이 중요합니다. 여기가 아니라면 그 어디라도!

우리는 시드니 서쪽의 블루마운틴에 와 있습니다. 블루마운틴은 고요하고 펼쳐진 것으로써 장엄하지만 실은 수백 미터가 넘는 암벽괴 골짜기와 협곡, 그리고 유칼립투스 숲으로 된 험준한 산입니다. 블루마운틴은 고지대인데도 위에서 내려다보는 지형이지요. 만만하게 보고 접근했다가는 큰 낭패를 당할 수가 있어요. 광대한 유칼립투스 숲은 빽빽해서 해마다 길을 잃은 조난자들이 발생하지요. 오랫동안 탐험대조차 발길을 들이지 못했어요. 1932년까지 사람의 접근을 거부한 뉴기니의 중앙 산악 지역과 닮았어요. 저 거대한 삼림 안에 어떤 생명들이 살고 있는지 정확하게 알 수 없어요. 울울창창한 수목 생태계에 양서류와 설치류 들이 번성해서 상호 에너지를 교환하는 생명계를 이루었거니 짐작할 뿐이지요. 블루마운틴은 1813년에서야 겨우 탐험대가 이 숲속을 관통해서 나올 수 있었는데, 탐험대는 십팔 일 동안이나 죽을 고비를 넘기며 숲속에서 길을 잃고 헤맸다고 해요. 라틴어 '이그노라무스ignoramus'는 '우리는 모른다'라는 뜻이지요. 탐험대가 이 숲속을 관통해 나왔지만 블루마운틴의 많은 지역은 아직 원시 그대로의 모습으로 이그노라무스 상태입니다.

여행에 대한 백일몽이 제 안에 둥지를 튼 건 오래전이지요. 문득 저 천공 아득한 곳을 가로지르는 비행기를 동경의 눈빛으로 볼 때마다 저 백여 년 전 프랑스의 시인 보들레르처럼 "나를 멀리, 멀리 데려가다오. 이곳의 진흙은 우리 눈물로 만들어졌구나!"라고 중얼거렸어요. 제 심령이 낡아빠진 천조각같이 닳아서 지친 것이지요. 가난한 심령으로 겨우 하루 일과를 꾸리는 자에게 비상한 활력을 기대하는 것은 어리석었어요. 바쁜 생활 속에서 매사 의욕 부진에 시달리는 자는 눈빛조차 심오와 신비를 향한 동경을 잃고 꺼지겠지요. 날마다 똑같은 일을 허둥지둥 반복하며 겨우 고등어나 구워 한 끼를 때우는 일상은 무미건조하겠지요. 고백하지만 우리는 그런 관습적 생활에 이골이 나며 고갈되었어요. 제 내면이 볼썽사납게 황량한 바닥을 드러냈던 거죠. 어느 날 내 몸에 오신 대상포진은 그 고갈에 대한 신체적 반응이었지요. 더는 미룰 수가 없었어요. 고갈된 내면을 위해서는 이국의 혼돈과 풍요를 수혈해야 한다고 판단했어요.

당신이 자주 내 건강과 의욕 부진을 염려한 것에 감사드려요. 필시 내 낯빛은 파리하고, 동공에는 빛이 없었을 테니까요. 몸과 머리를 함부로 탕진해버린 제게 여행이란 처방전이 필요했어요. "여행은 생각의 산파"라는 알랭 드 보통의 말을 금과옥조처럼 새기며 저는 여행을 꿈꾸었습니다. 그는 《여행의 기술》에서 "때때로 큰 생각은 큰 광경을 요구하고, 새로운 생각은 새로운 장소를 요구한다"라고 썼지요. 맞아요. 낯선 장소는 새로운 생각을 낳지요. 거기가 어딘지는 그다지 중요하지 않아요. 당장 떠난다는 것, 간절함과 갈망을 품고 지금 여기를 벗어나 멀리 떠나는 것만이 중요합니다. 여기가 아니라면 그 어디라도!

저는 시드니로 떠나왔고, 시드니에서 다시 좋은 분들과 동행해서 이박 삼일 일정으로 블루마운틴에 왔습니다. '부시 워킹'을 할 예정이고요, 블루마운틴을 두루 둘러보고 걸을 생각이지요. 그래 봤자 우리 발길은 거대한 숲의 가장자리를 헤맬 뿐이겠지요. 그래도 가슴이 설레는 것은 우리가 위대하거나 아름다운 것이 어떤 것인가를 경험하게 될 테니까요. 저는 오랫동안 일상의 안락에 잠겨 그것을 파먹으며 살았습니다. 우리 일상의 공간이란 좁고 범박해서 자주 따분함을 낳지요. 그것에 견줘보면 거대한 산맥, 절벽과 협곡들, 원시림으로 이루어진 이곳 고원이 품은 무한한 광대함이라는 본질은 돌올하게 드러납니다. 이곳의 웅장함은 외경심을 낳습니다. 이 광대함에 비춰보자면 우리는 아주 작은 존재에 불과하다는 실감이 한 점의 모호함도 없이 명료해지지요.

그러니 여기 올 때는 하찮은 분노, 누추한 비열함, 한심한 이기심, 천박한 탐욕 따위는 모조리 내려놓고 오세요. 벌거벗은 채 저 태초의 자연과 마주할 수 있어요. 자연을 순수히 관조하고 교감하며 고요와 숭고를 받아들일 마음을 가져야 해요. 누구라도 숭고와 아름다움을 겪는다면 내면이 평온하고 순하게 바뀔 거예요. 당신이 며칠 낮과 밤을 머물며 감히 원시의 자연과 우주적 교감을 나눌 수 있다면 당신의 내면도 도덕적으로 큰 변화를 겪게 되겠지요. 당장 떠나세요! 당신에게 익숙한 사물들과 인간관계가 있는 곳, 당신에게 아

내 몸의 사랑을
탕진하고
지금 당신을 만나

무런 새로운 자극을 주지 않는 바로 거기만 아니라면 어디라도 괜찮아요. 블루마운틴의 청색 심연을 품은 하늘과 찬란한 태양이 뿌리는 햇빛 아래를 걸으며 조금 더 착하게 살고 싶다는 생각을 합니다. 착한 당신 앞의 날들이 평안하기를 바랍니다.

당신, 잘 있어요.

길에서
길을 잃어보세요

떠난다는 것은 죽음이 그렇듯이

하나의 불가피한 소명인 듯 보여요.

여행자는 새로운 고독을 애써 겪으려는 자인 것이지요.

아무도 우리의 등짝을 떠밀지 않았지만

우리는 떠나려고 공항에 나왔어요.

우리는 늘 먼 곳을 향해 떠나는데,

그 가장 먼 도착지는 바로 자신입니다.

당신이 여행을 떠난다고 말했을 때, 나는 당신에게 '지도나 스마트폰을 내려놓고 가이드의 인솔도 없는, 일정표에 구속되지 않는 여행을 다녀오세요'라고 권하고 싶었어요. 말 그대로 '자유 여행'을요. 계획을 짜지 않고 무작정 떠나는 여행은 여러 시행착오를 겪겠지만, 자아를 만나고 자아의 가능성을 한껏 넓히는 기회가 될 거예요. 어쩌면 돈과 시간이 더 들어가고 더 고생할지도 몰라요.

여행이란 길을 탐색하고, 낯선 길에서 자기를 돌아보고 찾는 여정이에요. 여행은 길 그 자체예요. 그러니 두려움을 떨쳐내고 길 떠나보세요. "지도로 무장하면 여행자의 세계는 축소된다."* 부디 낯선 고장에서 길을 잃는 경험도 해보세요. 길은 세상 어디에나 퍼져 있으니까 길을 따라가다가 어느 찰나 길을 놓치는 일이 드물지 않을 거예요. 낯익은 길 하나를 잃었다고 상심하거나 겁먹을 필요는 없어요. 길은 길과 이어져 있어요. 길을 잃었다면 오히려 즐거워하세요. 길을 잃으면 자기 본성과 감각이 시키는 대로, 산속 동물이 후각만으로 사냥감을 쫓듯이, 북쪽으로든 서쪽으로든 방향을 잡아 나아가고 낯선 세계와 정면으로 맞부딪쳐보세요. 길을 잃고 헤매면서 이성을 잠재우고 직관으로 본디 자기와 만날 가능성이 커져요.

* 카트린 파시히·알렉스 숄츠, 이미선 옮김, 《아무도 가르쳐주지 않는 여행의 기술》, 김영사, 2011, 16쪽.

길을 잃으면 분명 더 많은 새로운 길과 마주하게 될 거예요. 길을 잃은 뒤 할 수 있는 선택은 많아요. 한 책에서 그 방식을 얘기해주네요. 무조선 헤매기, 아무 길이나 따라가기, 남의 말 무조건 따르기, 무조건 앞으로 가기, 여러 길 차례로 가보기, 어느 기점을 중심으로 탐색하기, 그대로 있기, 높은 곳으로 올라가기, 왔던 길 되돌아가기, 다르게 생각하기, 다른 목표 찾기…….* 부디 낯익고 편한 쪽은 버리세요. 낯선 길에 대한 두려움을 떨쳐내세요. 새로운 길들은 계속해서 만들어지고 있으니까요.

여행을 하다 보면 여러 국제공항을 거치는데, 공항 터미널로 들어서는 순간 뭔가 바깥의 공기와는 다른 느낌의 공기와 마주치지요. 그 정체는 이국의 냄새들로, 우리는 그것을 통해 자신에게 결여된 것, 낯선 것이 있음을 알게 되지요. 그것을 단박에 알아차릴 수는 없더라도 어쨌든 우리는 공항 터미널에서 이국의 냄새들을 희미하게 맡으며 낯선 곳으로 떠나는구나 하는 실감을 갖게 되지요. 낯익은 것들과의 결별은 이제 돌이킬 수 없는 것이 되고 말지요. 우리가 맞을 낮과 밤은 이전의 그것과는 다른 색깔, 다른 느낌을 갖게 되겠지요. 낯익은 것들이 베푸는 안락함에서 벗어나 예기치 않은 날것의 낯선 환경과 마주치게 될 거니까요. 비행기가 목적지까지 안전하게 비

* 카트린 파시히·알렉스 숄츠, 앞의 책, 53~60쪽.

내 몸의 사랑을
탕진하고
지금 당신을 만나

행할지 약간의 불안과 긴장을 품으면서 우리는 탑승 준비를 서두릅니다. 그때 우리의 심장 박동은 갑자기 빨라지기 시작하지요.

휴가철의 국제공항은 수많은 여행객이 한꺼번에 몰려들어 부쩍 붐비지요. 이런 사정은 어느 공항이나 마찬가지예요. 파리, 런던, 로마, 뉴욕, 멕시코시티, 아바나, 아테네, 이스탄불, 델아비브, 프랑크푸르트, 시드니, 오클랜드, 방콕, 싱가포르, 마카오, 인천⋯⋯. 하루에도 수백 명에서 수천 명이 드나드는 국제공항들은 저마다 다른 외관과 개성을 갖고 있어요. 불특정 다수의 사람이 북적이는 공항 안은 복잡하고 혼란스럽지만, 보이지 않는 통제 속에서 엄격한 질서가 냉정한 힘으로 작동하지요. 어쨌든 공항 터미널에 들어서서 먼저 스크린을 통해 여러 항공사의 비행기 이착륙 정보를 확인하지요. 그 스크린에서 탑승할 비행편의 출발 시각을 알아보고, 어느 구역에서 체크인을 할지 확인하지요. 스크린은 시시각각으로 바뀌면서 새로운 정보를 전달해요.

공항 터미널은 항공사 카운터, 환전소, 안내소, 체크인 구역, 검색구역, 보안구역 등으로 구획되지요. 입출국 심사대를 거쳐 보안구역을 완전히 벗어나면 여행객들은 한결 편하게 면세점 혹은 커피숍을 들르거나, 군데군데 있는 휴식공간에서 쉬거나, 비행기의 탑승 게이트를 찾아 이동합니다. 예정 시각보다 일찍 도착한 사람들은

장석주 산문집

터미널 통유리 저 너머로 햇빛이 쏟아지는 활주로와, 곧 이륙할 비행기에 정비사들이 달라붙어 점검하는 모습을 다소 느긋하게 내다볼 수도 있어요.

떠난다는 것은 죽음이 그렇듯이 하나의 불가피한 소명인 듯 보여요. 여행자는 새로운 고독을 애써 겪으려는 자인 것이지요. 아무도 우리의 등짝을 떠밀지 않았지만 우리는 떠나려고 공항에 나왔어요. "우리는 그토록 맹목적으로, 내가 질겁했던 그 막막한 부재의 공간으로 달려든다."* 우리는 늘 먼 곳을 향해 떠나는데, 그 가장 먼 도착지는 바로 자신입니다. 자기 자신에게로 돌아오는 길은 늘 그토록 먼 것이지요. 무엇보다도 공항은 출발과 도착의 장소이고, 이별과 환대의 자리입니다. 공항에는 휴가와 출장, 혹은 이민이나 친척 방문 등의 이유로 다양한 사람들이 몰립니다. 한 무리의 단체 여행객들이 있는 곳을 지나치면 한쪽에서 이별의 아쉬움으로 서로를 부둥켜안은 채 꼼짝하지 않는 연인도 있습니다.

이 산문은 여행기나 여행안내서가 아니에요. 굳이 말하자면 지도 없이 밤하늘의 별을 보고 방향을 가늠하며 떠도는 여행자의 사유 모음집이거나 살아 있음의 가장자리에서 존재의 존재함에

* 에드몽 자베스, 최성웅 옮김, 《예상 밖의 전복의 서》, 인다, 2017, 118쪽.

내 몸의 사랑을
탕진하고
지금 당신을 만나

대한 숙고를 보여줄 뿐이에요. 사람들과 만나고 밥 먹는 얘기, 장소와 풍경에 대한 얘기, 시드니와 오클랜드의 아름다운 풍광에 감탄하는 얘기들이 나오지만 그게 진짜 핵심은 아니에요. 이 산문은 '당신'에 관한 상상과 사유의 책이지요. 세월이라는 안감 위에 아로새겨진 무늬와 같이 사랑한 '당신', 혹은 사랑할 뻔한 '당신'들 얘기가 새겨져 있지요. 사랑은 열정의 과잉으로 시작되었다가 다시 그것 때문에 무너지는 인생의 기획이죠. 얼마나 많은 사랑이 헛되이 무너지고 깨지면서 인생에 나쁜 영향을 끼치는지요. 사실을 알면 끔찍하지요. 이것은 사랑과 우애의 산문, 시와 철학에 관한 변론, 풍경과 환대에 관한 시이지요. 당신은 이 산문에서 사유의 실마리를 붙잡고 실존에 드리워지는 여러 그림자를 좇는 누군가의 시선을 발견할 수 있을 거예요. 어쩌면 지루하거나 골치가 지끈지끈 아플지도 몰라요. 혹시 당신의 잠든 전두엽을 깨워줄지도 몰라요. 당신의 직관과 창의력이 커지는 기적이 일어날지도 몰라요.

당신이 씩씩한 사람이라면, 타인에게서 애정이나 위로 따위를 구하지 않는다면, 이 산문은 당신에게 아무것도 줄 게 없어요. 당신이 백 개 이상의 별자리와 백 가지 이상의 심해어 이름을 외우고 있다면, 밤하늘에 뜬 별들을 보고 방향을 짚고 길을 찾을 수 있다면, 조류潮流를 눈여겨보고 이듬해 여름 날씨가 어떻게 변할지를 알 수 있다면, 겨울 한밤 외따로 떨어져서 추위와 무서움에 떨며 견딘 적이 있

낯익은 길 하나를 잃었다고 상심하거나 겁먹을 필요는 없어요. 길을 잃었다면 오히려 즐거워하세요. 낯선 세계와 정면으로 맞부딪쳐보세요.

다면, 프라하의 낯선 길목에서 누군가가 울고 있을 때 그 울음이 자기 책임이라고 느껴본 적이 있다면, 당신은 이미 숭고한 사람이니 이런 산문 따위는 필요 없을 거예요.

그러나 연애에 자주 실패하고, 하는 일이 시들해 자주 하품을 하며, 시답잖은 관계들에 둘러싸여 있고, 과식과 과음에 기대어 권태를 벗어나려고 애쓴다면, 이 산문을 한번 읽어보는 것도 괜찮아요. 어쩌면 당신의 밀폐된 영혼의 창 한두 개쯤은 열어젖힐 수도 있고, 침울한 영혼으로 하여금 저 높은 산정山頂에서 소용돌이치는 상승 기류를 타게 할 수도 있어요. 물론 당신이 이 산문을 읽고 실망했다고 당신이 써버린 시간에 대한 대가를 환불하지는 않아요.

당신, 잘 있어요.

| 자 | 두 | 길 | 을 | | 따 | 라 | | | |
| 걸 | 은 | | 것 | 은 | | 아 | 니 | 지 | 만 |

지금 내가 서 있는 발아래는 아득한 낭떠러지이고,

먼 곳까지 공간을 밀고 나간 산들은 저 끝에서는

한낱 눈썹같이 보일 따름이지요.

먼 곳의 풍경은 멀어지는 가운데 그 물질성이

희박해지는 것입니다.

우리가 바라보는 먼 풍경들이란

실은 환몽이 아니고 무엇일까요.

우리는 6월 하순 인천공항을 떠나 시드니로 왔습니다. 시드니 교외 주택에 머물며 조용히 책이나 읽고 원고를 들여다보며 지내다가, 시드니에서 자동차로 한 시간 반 거리의 블루마운틴으로 짧은 일정의 여행을 왔지요. 몇 달 전 블루마운틴으로 이사한 김영 씨 집에 머물고 있습니다. 오늘은 김영 씨가 운전하는 자동차를 타고 삼십 분 정도 블루마운틴의 비탈진 곡선 도로를 지나 도예가 정귀락 씨의 작업실로 갔어요. 길을 잘못 들어 약간 헤맨 끝에 목적지에 도착했을 때, 작업복 차림의 건강한 오십 대 남자가 미소 띤 얼굴로 나와 있었어요. 그는 시드니에 유학 와서 도예를 전공하고 활동하는 도예가입니다. 그가 이 넓은 오지를 구입해 도자 가마를 설치하고 작업실을 직접 꾸렸다는 걸 알고 놀랐어요. 도자 가마는 전기 가마가 아니라 장작을 때는 가마지요. 가마 앞에는 아름드리나무를 자르고 패서 만든 장작들이 높이 쌓여 있었어요. 가마에 한 번 불을 넣으면 작업은 보통 삼사 일 정도 지속한다고 해요.

일행은 정귀락 씨 안내로 도자 가마를 둘러보고 거실 내부를 구경했어요. 건축가가 설계했다는 작업실은 단순하면서도 실용적인데, 꽤 근사했어요. 거실 난로에 장작이 타고 있어 실내는 온기로 훈훈했지요. 우리는 정귀락 씨가 손수 만든, 김치를 숭숭 썰어 넣은 비빔국수를 맛있게 먹었어요. 식사 뒤 후식으로 나온 블루베리 아이스크림까지 얻어먹은 뒤 바깥으로 나와 아름드리 유칼립투스 나무들이 서 있는 작업실 근처를 산책했지요. 유칼립투스 나무들 사이로 불탄 나무들, 죽은 나뭇가지들, 무성하게 자란 고사리들, 캥거루의 검은 배설물들이 깔린 숲속으로 겨울 오후의 햇살이 사선으로 비껴 들어옵니다.

숲속 여러 군데에 까만 캥거루 배설물들이 흩어져 있는데, 아침이나 저녁 무렵이면 서른 마리 안팎이 떼를 지어 나타난다고 해요. 캥거루들의 출현이 썩 잦은 듯해요. 그러니 이토록 많은 곳에 크고 작은 캥거루 배설물들이 남아 있는 것이겠지요. 어떤 배설물들은 습기를 머금어 윤기 나는 석탄처럼 까맣게 반짝이는데, 아주 최근의 것이라 짐작됩니다. 작업실 아래쪽 연못 부근에는 뱀들이 자주 출몰한다고 해요. 주인은 일행에게 이곳의 뱀들은 대개 맹독성이라 특히 주의하라고 일렀어요.

아돌푸스 클라크 소유지 뒤쪽의 자두길을 따라 걸었다. 이 길에는 독특한 식물들이 자란다. 캐나다갈쿠리 수상꽃차례에 자주색 꽃이 아주 풍성하게 달리며 전성기를 맞았다. 데스모디움, 즉 도둑놈의갈고리속 중에 가장 눈에 띄는 품종이다. 데스모디움 길이라고 부르는 편이 나을 듯하다. 디바리카투스해바라기와 안드러사에미폴리움수궁초도 잔뜩 꽃을 피웠고, 안드러사에미폴리움수궁초에는 열매도 맺혔다.[*]

내 몸의 사랑을
탕진하고
지금 당신을 만나

"자두길을 따라 걸었다"라니, 멋지지 않나요? 나는 키 큰 유칼립투스 나무들 사이에 노란 꽃들이 덤불을 이룬 사유지를 걸으며 헨리 데이비드 소로가 쓴 1858년 8월 11일의 일기를 떠올립니다. 낯선 소행성의 이름 같은, 발음하기조차 어려운 학명을 가진 이 식물들은 어쩐지 이국의 느낌을 강하게 풍깁니다. 이것은《소로의 야생화 일기》라는 책에 나오는 것이지요. 소로와 나는 칠십 년이란 시차를 두고 저곳과 이곳에 있습니다.

우리 일행은 '자두길을 따라' 걸은 것은 아니지만 산책을 끝낸 뒤 다시 김영 씨의 차를 타고 블루마운틴을 넘어와 숲속 오솔길을 거쳐 뷰포인트를 찾아 들어갔어요. 우리는 전망이 환하게 트인 풀핏 암벽 전망대에서 블루마운틴의 장대하고 아름다운 경관을 넋을 잃은 채 바라보았지요. 이 풍경이란 도대체 무엇일까요? 풍경은 자연의 펼쳐짐이지요. 모든 풍경은 형태를 이루는 그것의 내부에 세勢와 기氣를 품습니다. 여기에 빛과 어둠, 비와 바람이 작용하면서 풍경은 저마다의 아우라를 갖게 되지요. 풍경을 관조하는 일은 암석과 벼랑과 가없이 뻗어나간 수해樹海와 골짜기들과 겹쳐지고 어긋나는 봉우리들과 하늘의 가장자리를 더듬어보고 음미하는 것이겠지요. 중국인들은 '등고극목登高極目'이란 말을 쓰는데, 높은 곳에 올라 눈길이 가닿

* 헨리 데이비드 소로, 김잔디 옮김,《소로의 야생화 일기》, 위즈덤하우스, 2017, 308쪽.

는 곳까지 바라본다는 뜻이지요. 지금 내가 서 있는 발아래는 아득한 낭떠러지이고, 먼 곳까지 공간을 밀고 나간 산들은 저 끝에서는 한낱 눈썹같이 보일 따름이지요. 먼 곳의 풍경은 멀어지는 가운데 그 물질성이 희박해지는 것입니다. 우리가 바라보는 먼 풍경들이란 실은 환몽이 아니고 무엇일까요.

마치 태고인 듯 음산한 소리를 내며 바람이 부네요. 유칼립투스 나뭇가지들이 휘어져 꺾일 듯 바람의 기세는 거셌어요. 저 벼랑 아래 광활한 바다같이 숲이 펼쳐지고 그 위로 수직으로 솟은 거대한 암석들이 병풍처럼 늘어선 블루마운틴은 두 번째 방문인데도 그저 놀라울 뿐입니다. 해가 막 넘어갈 무렵이라 수 킬로미터 정도 수평으로 이어지는 암석들에 거대한 핀 조명을 때린 듯 따뜻한 주황빛에 젖어 있었지요. 우리는 블루마운틴을 등 뒤에 남겨두고 다시 자동차를 타고 김영 씨의 집으로 돌아옵니다.

당신, 잘 있어요.

내 몸의 사랑을
탕진하고
지금 당신을 만나

황	혼	과							
밤									

저 하늘은 앞으로도 수억만 년 푸르게 남아 있을까요?

우리는 알 수 없습니다.

우리는 먹고 마시며 이 세속의 삶을 살다가 죽을 뿐입니다.

간혹 작은 성공이 만드는 오만함에 취해

이웃들을 어리석은 들쥐 떼라고

폄하하는 가당찮은 실수도 저지르겠지요.

오후 늦게 블루마운틴의 일몰을 하염없이 바라보고 서 있습니다. 저 장엄한 짧은 황혼의 빛 속에 조종弔鐘 소리가 들리지 않습니까? 얼마나 오랜 세월 동안 태양은 하루도 거르지 않고 떴다가 지기를 반복한 것일까요? 감히 그 세월을 헤아릴 수가 없습니다. 우리는 저 일몰의 장엄함을 보면서 그 감응을 각자의 기억에 되새길 뿐이겠지요. 우리 안의 이 하염없음이야말로 우리가 인간이라는 사실을 증명하는 것이겠지요. 자연의 웅장함은 인간이 얼마나 작은 존재인가 하는 날카로운 인식과 함께 우리를 겸손하게 이끄는 바가 있습니다. 이 세속의 세계에 와 살면서 그런 깨달음 한 점조차 없다면 그는 마소나 다를 바 없겠지요. 사람은 사람 속에서 사람일 뿐만 아니라, 자주 놀라면서 감응하고, 경이 속에서 깨닫고, 좀 더 나은 사람으로 향상되어야 합니다.

이 세상에는 두 부류의 인간이 있습니다. 지중해와 블루마운틴을 본 사람과 그것을 보지 못한 채 죽은 사람. 저는 지중해와 블루마운틴을 다 봤으니 전자로 분류되겠지요. 돈과 야망을 좇느라 지중해와 블루마운틴을 일별할 기회조차 없이 살았다면, 그건 안타까운 일이겠지요. 인생의 작은 유흥이나 기쁨을 유예하고 날마다 출근해서 꼬박 여덟 시간 이상씩 직장에 매여 살면서, 월급을 받으면 또 달마다 돌아오는 대출 원금과 이자나 상환하다가 어느 날 문득 나이가 들어 인생 말년의 의기소침과 마주치는 것은 좀 서글픈 일이 아닐까요? 우리가 월급생활자건 자영업자건 임대업자건 간에 소규모의 인생 설계를 하고 사랑하고 미워하면서 제 방식대로 삶을 꾸리는 건 숭고한 일이지요. 그 생활이 한 줌의 보람도 없다고 말할 수는 없겠지만 그게 인생의 전부라면 아마 머리를 벽에 쿵쿵 찧고 싶어질 겁니다.

어쨌든 우리는 인연이 닿아 시드니의 서쪽 블루마운틴에 와 있습니다. 창공은 푸르고, 그 아래 유칼립투스 숲은 끝 간 데 없이 펼쳐져 있습니다. 저 하늘은 앞으로도 수억만 년 푸르게 남아 있을까요? 우리는 알 수 없습니다. 우리는 먹고 마시며 이 세속의 삶을 살다가 죽을 뿐입니다. 간혹 작은 성공이 만드는 오만함에 취해 이웃들을 어리석은 들쥐 떼라고 폄하하는 가당찮은 실수도 저지르겠지요. 시 한 줄 읽은 적이 없고 음악의 아름다움도 알지 못한 채 살아가며 실수를 저지르겠지요. 그런 자는 자기가 많은 이들을 얼마나 불편하게 만들고, 공동체에 유해한 존재인지를 깨닫지 못합니다. 그런 이들은 평범한 악과 작은 실수를 겹겹이 쌓아가며 청산되어야 마땅한 적폐가 되는 것입니다.

태양이 완전히 사라지고 하루가 저물어요. 사위가 어둠으로 캄캄할 때 스산한 바람은 더 거세지고, 유칼립투스 나뭇가지들은 세차게 흔들립니다. 내가 떠나온 고장은 저 멀리 있습니다. 그곳은 폭염이 내리쬐는 한여름이고, 이곳은 대기가 찬 공기로 채워진 한

얼마나 오랜 세월 동안 태양은 하루도 거르지 않고 떴다가 지기를 반복한 것일까요? 우리는 저 일몰의 장엄함을 보면서 그 감응을 각자의 기억에 되새길 뿐이겠지요.

겨울입니다. 내 안에는 서른한 명의 사제와 구백일흔여섯 명의 보통 사람과 단 한 명의 시인이 있습니다. 우리는 붉은 포도주를 마시며 취하고, 취기 속에서 이상한 멜랑콜리에 빠집니다. 언젠가 누군가 우리를 팔로 감싸 안았지요. 그 포옹에 내 심장 박동이 얼마나 빠르고 크게 뛰었던가요. 그런데 세월이 지나니 그의 이름조차 기억에서 희미해져버렸네요. 기억의 유실은, 날마다 진행되는 망각은, 우리를 난처하고 빈곤하게 만듭니다. 오늘 이 밤, 여기 빈곤에 허덕이는 한 사람이 있습니다.

　　　　유금란 씨의 권유로 시작한 7월의 크리스마스 파티는 충분히 흥겹고 즐거웠어요. 한여름의 크리스마스가 낯선 이국의 풍속이더라도 상관없습니다. 우린 붉은 포도주 몇 잔의 취기 속에서 모호하고 따뜻한 우정을 나누면서 이제하 시인의 노래 '모란 동백'을 부르고, 또한 흘러간 젊은 시절의 옛 노래를 함께 불렀어요. 주인이 내준 침실도 좋았습니다. 우리는 숙면을 취했지요. 오늘 아침 문득 생을 살아가는 일은 저 혼자만의 능력으로 되는 게 아니다, 라는 생각을 합니다. 우리는 살면서 수많은 사람들의 호의와 조력을 받지요. 어제와 오늘에 걸쳐 만난 김영, 정귀락 두 분은 그저께까지 일면식도 없는 분들이었지요. 어제 처음 만난 그분들이 제게 베푼 여러 가지 도움을 아무 보상 없이 받았어요. 맛있는 밥과 편안한 숙소를 제공받았습니다. 이 사실은 우리가 늘 타인을 환대해야 할 분명한 이유가 되겠지요.

오늘은 블루마운틴 웬트워스 폭포의 찰스 다윈 코스로 부시 워킹을 나갈 계획입니다. 한 세 시간 걷는 코스라고 합니다. 부시 워킹 출발 전에 빵, 수란, 토마토수프, 아보카도, 토마토, 올리브유가 차려진 아침 식탁. 든든한 건강식단이네요. 이 아침 블루마운틴에 와서 이런 지복과 사치를 누리다니! 제가 전생에 나라를 구한 게 틀림없어요. 멀리 있는 당신에게 짧은 안부를 전합니다.

당신, 잘 있어요.

내 몫의 사랑을
탕진하고
지금 당신을 만나

부	시								
워	킹								

할머니들도 썩썩하게 다 완주하는 코스를 마치고 나서,

마치 히말라야의 준봉이라도 점령한 듯

나 스스로를 대견하게 여겼습니다.

체력이 허약한 글쟁이의 과장된 제스처라는 걸 나도 알고 있으니,

츳츳 하고 혀까지 찰 것은 없어요.

블루마운틴에 온 지 이틀째 아침입니다. 오늘은 난생 처음 부시 워킹에 나서기로 한 날이지요. 우리는 세 시간쯤 걸리는 웬트위스의 찰스 다윈 코스라고 알려진 곳을 걷기로 했지요. 초보자도 부담이 되지 않는 쉬운 코스지요. 일행은 출발 지점에 도착해 물병 하나와 사과 한 알씩을 배급받았어요. 나는 찰스 다윈 코스로 들어서면서 지팡이로 쓸 요량으로 나무막대기 하나를 주워들었어요. 찰스 다윈 워크 아치를 통과해 입구로 들어서는 순간 딴 세상이 열립니다. 열대우림인 듯 빽빽한 아름드리나무들. 숲속을 뚫고 흐르는 맑은 물. 갖가지 새소리들. 크르르카카카카카, 크앙크앙크앙, 쿠쿠쿠쿠쿠, 호르르르르……. 숲속을 쩌렁쩌렁 울리는 새소리들은 낯설고 신기해요. 호주의 새들은 대륙의 새답게 내지르는 울음소리가 대개 크고 우렁찹니다. 특히 저녁 무렵 글레노리 숲속에서 울려오는 새소리는 고막이 터져나갈 듯 요란스럽지요.

찰스 다윈 코스는 초입이 평탄합니다. 하지만 곧 오르막과 내리막이 이어지지요. 백팔십 년 전쯤 찰스 다윈(1809~1882)과 그 일행은 험난한 숲과 벼랑을 뚫고 나아갔을 텐데요. 우리는 옆으로 펼쳐지는 블루마운틴의 웅장한 모습을 바라보면서 걷고, 걷고, 걸었습니다. 평일이라 그런지 사람은 많지 않았어요. 갈증이 날 때 사과 한 알을 깨물어 먹었어요. 사과 맛이 좋습니다. 내가 살아오면서 먹어본 사과 중 다섯 손가락 안에 들 정도로 훌륭한 사과였지요. 일행인 김영, 백경, 유금란 씨 등은 블루마운틴 부시 워킹 경험이 많은 분들이라 발걸음에 거침이 없습니다. 한참 가다 보니 내 발걸음이 느려지면서 일행의 후미로 처졌어요. 나는 적폐 세력이 되어서는 안 된다는 일념으로 앞만 바라보며 꾸역꾸역 따라갑니다. 추울까 봐 옷을 몇 겹이나 꺼입고, 목도리를 두르고, 비니를 눌러썼는데, 한 시간쯤 걷자 몸에서 열이 나고 등짝에 땀이 흘렀어요. 코스 중간마다 블루마운틴을 한눈에 내다볼 수 있는 뷰포인트들이 나타납니다. 그때마다 발걸음을 멈추어 숨을 돌리고, 물도 들이켜며 수분을 보충합니다. 벼랑 끝에서 바라보는 저 아래 블루마운틴은 온통 녹색의 숲입니다. 그 광경을 부감俯瞰하니 마치 녹색 융단을 깔아놓은 듯합니다.

　　　결국 나는 찰스 다윈 코스를 누구의 도움도 받지 않고 끝까지 걸었습니다. 왼쪽 무릎이 시큰거렸지만 중간에 포기하지 않고 완주한 것이지요. 한 외국인 여성이 나와 엇갈리면서 끝이 바로 위라고 말해줍니다. 아마도 내가 꽤 지쳐 보였나 봐요. 가파른 백여 개의 계단을 올라서자 산상 카페가 나타납니다. 일행이 카페에 들어가 차를 마시는 동안 나는 바깥 벤치에 앉아 간단한 스트레칭을 했어요. 대단하다, 대단해! 할머니들도 씩씩하게 다 완주하는 코스를 마치고 나서, 마치 히말라야의 준봉이라도 점령한 듯 나 스스로를 대견하게 여겼습니다. 체력이 허약한 글쟁이의 과장된 제스처라는 걸 나도 알고 있으니, 츳츳 하고 혀까지 찰 것은 없어요.

산행을 마친 뒤 다들 출출한 탓에 점심 식사를 하러 갔습니다. 오늘 점심은 내가 대접하기로 했습니다. 우리는 김영 씨가 운전하는 차를 타고 카툼바로 나와 유금린 씨가 '맛있고 비싼 집'이라고 소개한, 백이십 년쯤 된 고풍스런 캐링턴 호텔 레스토랑으로 갔어요. 호텔 레스토랑은 우아하고, 음식도 풍성하고 맛도 좋았습니다. 무엇보다 음식 값이 입이 딱 벌어질 만큼 비싼 게 아니라 그 반대였어요. 믿을 수 없을 만큼 싼 가격이었지요. 우리는 우아하고 행복한 점심 식사와 커피까지 즐기고 밖으로 나왔습니다.

점심 식사를 마친 뒤 세 여성은 쇼핑을 가고, 나는 카툼바 도서관에 남아 책을 읽으려고 했으나, 아쉽게도 내가 읽을 만한 책은 없었어요. 나는 도서관 2층으로 올라가 편안한 소파에 앉아 쉬었습니다. 도서관 안쪽은 조용했어요. 사람들은 책을 읽거나 데스크톱을 차지하고 앉아 무언가를 쓰고 있었어요. 따뜻한 실내 소파에 앉아 있으니 졸음이 밀려옵니다. 한참 졸다 깨다 했어요. 두 시간쯤 지난 뒤 소소한 쇼핑을 마친 세 여성이 도서관에 나타났습니다. 쇼핑의 만족감으로 다들 행복한 얼굴이었지요.

우리는 블루마운틴의 선셋 풍경을 보러 가기로 했습니다. 차가 출발했으나 아차, 선셋 풍경을 보기에는 이미 늦어버린 걸 깨달았지요. 오늘의 선셋 예상 시각은 다섯 시 십팔 분. 우리가 서둘러도 선셋 풍경을 보기는 힘듭니다. 앞서도 몇 번 언급했지만, 호주는 지금이 동절기라 오후 다섯 시만 되면 땅그늘이 내리지요. 우리는 행선지를 바꿔 블루마운틴의 저 유명한 세 자매봉을 잠깐 둘러보고 가기로 했어요. 세 자매봉은 멀지 않은 곳입니다. 세 자매봉에 도착했을 때 해는 사라지고 블루마운틴 하늘에는 옅은 분홍색이 긴 띠처럼 깔려 있었습니다. 어둠이 빠르게 내리면서 바람도 차갑고 거세졌어요. 세 자매봉을 배경으로 사진 몇 컷을 찍었습니다. 차를 타고 출발하면서, 저녁 메뉴로 시금치무침을 해야 하는데 집에 마늘과 참기름이 없어 울워스에 잠깐 들르기로 했습니다. 그런데 금세 누군가가 마늘과 참기름 없이 시금치무침을 하는 아이디어를 내놓았어요. 다들 피곤했던 터라 마트에 들르지 않는 것으로 의견이 쉽게 모아집니다. 곧장 집으로 갑시다. 만장일치!

덕분에 우리는 저녁때 마늘도 참기름도 없이 무친 맛없는 시금치무침을 먹었습니다. 마침 다산북스 편집자인 이승환 씨가 카톡으로 나의 새 책《은유의 힘》이 출판사에 입고되었다는 소식을 전했어요. 책이 예정보다 이삼 일 빠르게 나온 것이었어요. 유금란 씨가 공수해온 맛있는 배춧국, 양념해서 하룻밤 재운 갈비, 찬 새우, 시금치무침, 적포도주, 에일 맥주로 그득 차린 저녁 식사는 새 책 출간 기념을 겸하는 자리가 되었어요. 다들 흔쾌한 마음으로 새 책의 출간을 즐거워했어요. 두 시간쯤 이어진 저녁 식사 자리에는 담소와 웃음이 그치지 않았습니다. 어제 저녁 7월의 크리스마스 파티 때보다는 덜 흥청거렸지만 역시 즐거웠어요. 나는 와인을 세 잔쯤 마시고 먼저 빠져나와 출판사에 보낼 메일을 쓰고 잠자리에 들었지요.

당신, 잘 있어요.

내 몸의 사랑을
탕진하고
지금 당신을 만나

우리는 누가 먼저랄 것도 없이 사랑에 빠져들었어요.

연애는 사막의 요람이고, 우리가 뛰어들 최후의 침대로 보였어요.

사랑은 달콤했지만 인생은 순탄치 않았어요.

인생은 주단이 깔린 계단도 아니고.

향기로운 과일로 가득 찬 상자도 아니었으니까요.

그래도 우리는 쉽게 무릎 꿇을 생각은 없었어요.

우리는 블루마운틴에 있습니다. 햇빛은 화창하고, 대기는 사파이어처럼 파랗습니다. 여기 하늘의 푸름을 표현할 수 있는 말을 찾을 수가 없네요. 저 궁륭의 푸름은 빛이고, 심연으로 깊어진 신성과 몽상의 빛깔이지요. 저 푸른 심연 어딘가에 신의 거처가 있을지도 모릅니다. 블루마운틴에서 본 하늘은 푸른 심연이고, 빠져 죽고 싶은 유혹이 들 만큼 깨끗하고 고혹적입니다. 어딘가에 신들의 누옥이 있다면 바로 여기가 아닐까 하는 생각이 들 정도지요. 할 수 있다면 저 하늘을 내가 살고 있는 고장으로 옮겨놓고 싶어요. 해가 지고 어두워진 뒤 저 깊은 숲에서 올라오는 바람 소리가 거대한 짐승의 신음처럼 대기를 휘저으며 웅웅거려요. 밤의 바람 소리는 왜 항상 태초에 대한 몽상으로 우리를 끌어갈까요. 나는 바람 소리를 들을 때 어린 인류가 되어 야수들이 들끓는 밀림을 떨며 헤매는 상상에 빠져들지요. 지금 불면으로 뒤척이는 자는 아름드리 유칼립투스 나뭇가지들이 바람에 흔들리는 크고 음산한 소리 때문에 잠 한숨 자지 못할 수가 있어요. 마치 천지간에 바람의 혼례라도 치르고 있는 듯하네요.

우리는 어쩌다 여기까지 오게 되었을까요. 당신을 처음 보았을 때, 당신은 벚꽃 아래 벤치에서 벗들과 가벼운 담소를 나누고 있었어요. '소설창작'이었는지 '현대소설의 이해'였는지 어떤 강의를 마치고 돌아가는데, 강의를 듣는 일행 중 누군가 내게 인사를 하면서 "선생님, 저희 술 사주세요"라고 말했어요. 화사한 빛에 감싸인 봄

내 몸의 사랑을
탕진하고
지금 당신을 만나

날의 춘정이 발동했었던가요. 우리는 대학교 교정을 나와 학생들이 드나드는 레스토랑으로 우르르 몰려가 맥주 몇 잔을 마시고 헤어졌어요. 그중 하나가 당신이었지요. 오래되어 기억이 가물가물합니다만, 그 시절 나는 존재의 곤핍감과 싸우느라 여유가 없었어요. 내가 죽는 존재란 사실에 전율하며 얼어붙어 있었지요. 사람과 동물은 어떤 차이가 있을까요? 하이데거는 "동물은 죽어갈 수는 없고 다만 끝나버릴 뿐이다"라고 말합니다. 사람은 죽지만, 사람과 달리 동물은 죽지 않고 끝나버린다는 말은 모호했어요. 동물은 차마 죽지도 못하는 열등함에 속해 있는 것이지요. 그런데 나는 왜 동물이 아니고 사람으로 태어났을까요? 나는 닷새장이 서는 시골에 살면서 이런 쓸데없는 의문을 화두로 잡고 남방불교의 스님처럼 명상에 빠져들곤 했지요. 그 무렵 나는 명상의 기쁨을 조금씩 알아가고 있었지요. 물론 무슬림이 아니니까 라마단 시기에 금식을 하지는 않았으나, 위빠사나 수행법에 관한 책들을 부지런히 구해다 읽었지요.

몇 년이 흐른 뒤 다시 만났을 때, 당신은 여전히 젊음으로 발랄하고 눈부셨어요. 그렇지만 당신의 젊음은 숱한 비정규직을 전전하면서 서서히 그 빛이 꺼져가고 있었어요. 학자금 융자를 갚고, 월세를 내고, 생활비를 벌어야 했으니까요. 당신의 미래는 멀리 있기도 하거니와 애당초 크게 기대할 바가 없었습니다. 당신은 젊음의 불안한 재능을 연소시키며 노트 가득 시를 채워가고 있었지요. 그것만이 당신의 유일한 구원이었으니까요. 우리는 누가 먼저랄 것도 없이 사랑에 빠져들었어요. 연애는 사막의 요람이고, 우리가 뛰어들 최후의 침대로 보였어요. 사랑은 달콤했지만 인생은 순탄치 않았어요. 인생은 주단이 깔린 계단도 아니고, 향기로운 과일로 가득 찬 상자도 아니었으니까요. 그래도 우리는 쉽게 무릎 꿇을 생각은 없었어요.

바람이 불어요. 파도가 파도를 낳고, 황조롱이 알들이 부화하고, 여자들은 산고產苦를 치르며 머리 하나에 귀 둘 달린 아이를 낳아요. 거리에 걸인들이 길고 어두운 시간을 끌며 지나갑니다. 낮과 밤의 길이가 같은 추분에 연인들은 헤어져요. 쾅. 쾅. 쾅. 바람이 덧문을 거칠게 여닫을 때 화산들은 몇 년째 잠잠했어요. 당신의 기분은 침울하고, 그 기분은 금세 전염되었어요. 오늘 당신은 여기에 없습니다. 점자책을 읽듯 당신의 쇄골을 더듬을 때 저녁이 당도했지요. 저녁에는 뜻밖에도 낯선 기린이 방문했어요. 우리의 채식주의 생활이 끝나지 않았으므로 나는 문을 열지 않았어요.

바람이 불어요. 물푸레나무들이 한쪽으로 쏠리며 기우뚱 흔들려요. 나무들은 동물이 꾸는 꿈입니다. 물푸레나무는 좌우로 흔들리면서 가끔 떨어지는 벼락들을 견뎌내요. 동물들에겐 어림도 없는 일이에요. 네 발 달린 동물들이 붙박이로 사는 나무의 영혼과 교접하는 일은 불가능하겠지요. 우리는 보이지 않는 곳을 볼 수

내 몸의 사랑을
탕진하고
지금 당신을 만나

열망과 희망, 한 줌의 신념 따위를 버렸더니 내 안의 야수가
순해졌지요. 남의 말을 잘 듣는 순한 귀를 갖게 되면서 그 순
함으로 운명조차 거스를 수 있었을까요.

가 없어요. 직립보행을 하는 자들이 춥고 먼 곳을 걸을 때 물푸레나무는 땅속 깊이 제 영혼을 뻗어 오지奧地의 심오함과 접속해요. 내가 나무의 방계 혈족이 아닌 게 분명해요.

바람이 불어요. 나는 청어구이를 시켜 살을 발라 먹고 저녁 거리를 지나 젖은 양말을 신은 채 돌아와요. 기린들은 더 이상 문을 두드리지 않겠다고 말하며 돌아섰지요. 우리에게 슬픔이 하나도 없다면 그건 파렴치함 때문이겠지요. 바랜 사진인 듯 옛 건물과 길들이 낡아가지요. 가늘고 얇은 도덕 탓이겠지요. 당신이 겸손한 방식으로 잘 살았으면 해요. 먼 나라 사막의 모래산이 바람에 따라 뱀처럼 꿈틀대며 움직이네요. 당신은 점을 치러 가던 거리에서 돌아섰어요. 간밤에는 고목 뿌리 같은 발에서 낯선 벌레들이 꾸역꾸역 기어나왔어요. 흉몽이었는데 누구 발인지는 모르겠어요. 자꾸 기어나오는 벌레들은 내 실패를 증명하려는 듯 끈질겼어요. 내일부터 긴 장마라고 해요.

— 졸시, 〈바람의 혼례〉

내가 시골에서 바람 좋은 날에는 빨래를 하고, 푸른 이 내가 내리는 저녁에는 위빠사나 수행자같이 느린 걸음 속에서 찰나의 명석함을 구할 때, 당신은 먼 곳에서 친구들과 밥을 먹고 있거나 점을 치러 가고 있었겠지요. 나는 위빠사나 수행자를 참칭했지만 각성의 명석함에는 도달하지 못하고, 그저 속인으로 밥이나 축내고 살았어요. 아직 내 안에 갈망들이 들끓고 있었던 거지요. 나는 날마다 사과 한 알씩을 먹고, 걷는 것을 좋아하고, 몽골 초원을 상상할 때 기분이 좋아지고, 하늘의 푸름과 빨래 마르는 여름날의 한가로움을 사랑합니다. 당신은 파스타와 크루아상과 브런치를 좋아하고, 소설 읽기와 영화 보기를 즐기고, 뉴욕이나 파리를 상상할 때 존재의 고양감을 느끼며, 반려동물 중에서 단연코 고양이를 사랑합니다.

식성과 취향이 다르고, 나이차도 많은 우리를 여기까지 데려온 것은 운명에 내재된 우연의 힘이었겠지요. 어느 한 시절 나는 청어구이를 자주 먹고, 말수를 줄여 자주 침묵에 들고, '노자'와 '장자'를 읽으면서 겸손해졌어요. 열망과 희망, 한 줌의 신념 따위를 버렸더니 내 안의 야수가 순해졌지요. 날카롭고 모난 부분들을 깎고 다듬는 동안 순해질 수 있었지요. 남의 말을 잘 듣는 순한 귀를 갖게 되면서 그 순함으로 운명조차 거스를 수 있었을까요. 우리는 일인분의 고독에서 이인분의 고독을 기꺼이 받아들이며, 불확실한 운명을 함께 걸어가기로 했습니다.

지금 블루마운틴에는 바람이 불고 있습니다.
당신, 잘 있어요.

우리에게 보습 대일 땅이 있다면

바람은 머리 위에서 공중을 휘저으며 웅웅거리고,
우리는 이른 별들이 하나둘씩 돋아나는 밤의 어둠 속에서
생의 비밀을 탕진한 자들로 우두커니 서 있습니다.
비밀이 없는 자란 도박판에서 마지막 판돈까지 탈탈 털어넣고
빈털터리로 일어서는 자나 다를 바 없습니다.

우리는 지금 블루마운틴에 있습니다. 블루마운틴의 한 벼랑 위에 서서 저 아래 협곡과 유칼립투스 숲을 내려다보고 있습니다. 나는 악기의 목을 비틀거나 기타를 살해하지도 않았어요. 그런데 어쩌다가 이 저녁 뼛속까지 파고드는 고독 속에서 참담해야 할까요. 지금 내 협량함으로 고독한데, 이 협량함이 유죄 판결의 근거라면 나는 괴로워할 수밖에 없습니다. "고독은 그 자체로서 저주받은 것이 아니라, 결정적인 것이라는 고독의 존재론적 의미 때문에 저주받은 것이다."* 물론 나는 고독이 저주받은 존재의 운명이라고 생각하지는 않습니다만 참담하군요. 나는 존재하려는 의지 한 점도 없이 한없이 선량하고 고요할 뿐이지만 당신은 여기에 없습니다. 떨어진 단추를 찾아 달거나 찢어진 옷을 바늘로 깁는 당신은 여기에 부재함으로써 저 멀리 어디선가 누군가의 기쁨과 상처가 될 수도 있겠지요. 저녁의 관습으로 보자면 이 시각의 황혼과 땅그늘을 착한 이들의 울먹임 정도는 달래줄 수 있는 자산이라고 할 수 있지 않을까요.

물론 돌아갈 날을 염두에 두지 않고 떠난 것은 아니지요. 우리는 기어코 돌아갈 것입니다. 거기에 생업과 벗들, 거처와 추억이 많은 길들이 있기 때문이지요. 내 생이 비루했다고 생업과 벗들, 집과 추억들마저 그런 것은 아니겠지요. 그것은 나를 받쳐주는 토대

* 에마뉘엘 레비나스, 서동욱 옮김, 《존재에서 존재자로》, 민음사, 2003, 143쪽.

인 것. 즉 "우리에게 우리의 보습 대일 땅" 같은 것이지요. 일제강점기 때 삶의 보람을 일구지 못해 불과 서른두 살에 끝내 아편 한 줌을 입에 털어놓고 자살한 시인 소월이 꿈꾸었던 생활이란 게 그리 대단한 것은 아니었지요. 이 젊은 시인은 저 북방에서 동무들과 가지런히 벌 가의 하루 일을 다 마치고 석양에 마을로 즐거이 돌아오는 즐거운 동경을 품었지요. 그에게 그토록 갈망한 보습 대일 땅이 없었기에 아침과 저물손에 가난한 삶을 탄식하며 세상을 떠돌 수밖에 없었겠지요.

나는 꿈꾸었노라, 동무들과 내가 가지런히
벌 가의 하루 일을 다 마치고
석양에 마을로 돌아오는 꿈을,
즐거이, 꿈 가운데.

그러나 집 잃은 내 몸이여,
바라건대는 우리에게 우리의 보습 대일 땅이 있었더면!
이처럼 떠돌으랴, 아침에 저물손에
새라 새로운 탄식을 얻으면서.

동이랴, 남북이랴,
내 몸은 떠가나니, 볼지어다,
희망의 반짝임은, 별빛의 아득임은.

내 몸의 사랑을
탕진하고
지금 당신을 만나

물결뿐 떠올라라, 가슴에 팔다리에.

그러나 어쩌면 황송한 이 심정을!
날로 나날이 내 앞에는
자칫 가느른 길이 이어가라, 나는 나아가리라
한 걸음, 또 한 걸음. 보이는 산비탈엔
온 새벽 동무들 저 저 혼자…… 산경山耕을 김 매이는.

— 김소월, 〈바라건대는 우리에게 우리의 보습 대일 땅이 있었더면〉, 《진달래꽃》(1925)

　　　지금 우리 앞에 "가느른 길"이 있다 해도 움직일 때가
아닙니다. 우리 존재는 바위와 같이 부동不動하면서 저 소실점 너머로
사라지려는 하루의 끝과 마주하고 있습니다. 당신과 나는 저 대기 위
에 띠를 이루는 황혼의 희미한 빛 속에서 살아 있음의 한 줄기 기쁨을
황송해할 뿐이겠지요. 제법 차가운 바람이 거세져서 옷깃을 파고드네
요. 이곳이 고원이기 때문일까요. 지금 이 찰나 살아 있다는 것은 우
매한 자에게도 하나의 자랑거리겠지요. 우리가 존재하는 것은 시간의
지속성 안에서입니다. 철학자 에마뉘엘 레비나스는 "세계는 나에게
시간을 주며, 그 시간 안에서 나는 서로 다른 순간들을 관통해서 지나

간다"* 했지요. 내가 나인 것을 불가피하게 받아들일 때, 현재는 이 시간의 지속성 안에서 돌출하지요. 마치 바다 수면 위로 돌고래가 솟구쳐 도약하듯이. 우리는 현재를 관통해서 지나가는 자로서 현재를 거머쥡니다. 현재를 거머쥘 수 없다면 낮과 밤도, 나와 당신도, 간빙기의 삶도 없겠지요.

아, 서쪽 하늘에 희미하던 잔광마저 사라졌어요. 사위는 완전히 캄캄해졌어요. 바람은 머리 위에서 공중을 휘저으며 웅웅거리고, 우리는 이른 별들이 하나둘씩 돋아나는 밤의 어둠 속에서 생의 비밀을 탕진한 자들로 우두커니 서 있습니다. 비밀이 없는 자란 도박판에서 마지막 판돈까지 탈탈 털어넣고 빈털터리로 일어서는 자나 다를 바 없습니다. 이 찰나 속에서 우리는 저마다 외롭습니다. 울부짖을 만큼은 아니더라도 탕약 같은 외로움을 들이켜며 그것을 제 존재의 양식으로 삼은 자들 두엇을 기억합니다. 이 초밤, 그들에게도 평안이 깃들기를! 우리도 그만 돌아가야겠어요, 그곳이 어디든지! 멀리서, 이마가 반듯한 당신에게 안부를 전합니다.

당신, 잘 있어요.

---

* 에마뉘엘 레비나스, 앞의 책, 142쪽.

내 몸의 사랑을
탕진하고
지금 당신을 만나

연애의 날들

시간은 사과나무 가지에서 떨어지지 않는 사과,

상하지 않는 젖, 늙지 않는 어린애, 변하지 않는 포도주이지요.

하지만 시간은 자비를 모릅니다.

시간은 제 손아귀에 들어오는 것을 파괴하고 부숴버리지요.

어쩌면 사랑은 이 시간의 파괴성에 대항할 수 있는

유일한 무기인지도 모릅니다.

우리는 여전히 블루마운틴에 있습니다. 그제와 어제에 걸쳐서 블루마운틴에서 부시 워킹을 했습니다. 우리는 순간마다 달라지는 블루마운틴의 절경에 탄성을 내지르면서, 벼랑 위 길을 서로 조심하라고 말하며 걸었어요. 블루마운틴 저 아래는 유칼립투스 나무들이 빽빽하게 들어선 숲인데, 마치 녹색 융단인 듯 펼쳐져 있어요. 저 식물 생태계가 오늘날과 같이 안정되기까지 얼마나 오랜 세월이 흘렀는지 가늠할 수 없습니다. 시간은 땅과 장소를 할퀴고 지나가면서 지형과 물길을 새롭게 바꿉니다. 거기 기대어 사는 동식물들의 서식 분포를 바꾸었겠지요. 아무튼 저 식물 생태계를 흔드는 유동과 변화의 물결이 끝나고 저렇듯 견고한 형태로 굳어진 것은 시간의 마술 때문이겠지요.

시간은 시작도 없고 끝도 없는 것이지요. 그것은 계절, 탄생, 죽음이고, 오래된 것의 반복입니다. 우리의 사랑은 시간 속에서 강해지고 또한 약해지지요. "시간은 밀려드는 본래의 무엇이다. 시간은 놀고 있는 어린애다. 관조하는 어른이 아니다."* 시간이 점잖게 관조하는 어른이 아니라 놀고 있는 어린애라는 시각이 새롭네요. 어린애는 호기심이 많고 활동이 왕성한, 변화무쌍한 존재입니다. 시간은 그런 어린애와 닮았지요. 인류는 시간 속에서 생육하고 번성하는 동

* 파스칼 키냐르, 송의경 옮김, 《옛날에 대하여》, 문학과지성사, 2010, 243쪽.

내 몫의 사랑을
탕진하고
지금 당신을 만나

안 무수히 많은 사랑을 겪었겠지요. 시간을 떠난 사랑이란 애초에 있을 수가 없으니까요. 사랑의 최종 승리자는 시간입니다. 시간 앞에서 사랑은 단 하나의 예외도 없이 패배하는데, 그것은 한 사람에게 허용된 생의 시간이 유한 자원이기 때문이지요. 우리는 시간이라는 어머니의 젖을 빨아대는 어린애인 것이지요. 이 어린애는 시간이라는 어머니에 의해 거세뇌고, 분열되며, 찢겨진 존재로 너덜거리다가 결국 소멸될 수밖에 없지요.

시간은 사과나무 가지에서 떨어지지 않는 사과, 상하지 않는 젖, 늙지 않는 어린애, 변하지 않는 포도주이지요. 하지만 시간은 자비를 모릅니다. 시간은 제 손아귀에 들어오는 것을 파괴하고 부숴버리지요. 어쩌면 사랑은 이 시간의 파괴성에 대항할 수 있는 유일한 무기인지도 모릅니다. 위대한 사랑은 시간을 넘어설 수 있습니다. 영원이라는 척도에서 보자면 우리의 연애는 아주 잠깐 반짝이다가 사라지는 한 점 불빛에 지나지 않겠지요. 그러나 그 연애는 슬픔으로 부양된 연애였어요.

최근 내 연애는 슬픔으로 부양되었다. 연애하는 내내 눈물을 흘렸다.

오줌발이 양변기에 떨어지는 소리, 새벽 문밖에 조간신문 떨어지

는 소리, 후박나무 가지마다 새들 우짖는 소리, 앞치마를 두른 당
신이 지켜보는 미역국 끓는 소리, 소리들이 강을 이룰 때 연애는
노래하는 욕조, 감정의 사치였나. 섣불리 연애를 하고 이별하지
마라.

숭고를 그리워할 때 당신의 감정세계 반경 너머에서 바글거리던
외로움들, 자두가 익는 날씨에 감탄하는 나뭇잎들의 수런거림,
당신의 미모와 누추한 행복들로 얼룩진 날들은 눈물겹다. 엽기
와 잔혹극으로 계절들이 망가질 때 상심한 마음들이 지천으로 피
어난다. 서교동 생활에 필요한 것은 담요와 갓 구운 빵과 생수들,
그리고 우리에겐 어린 불행들을 돌볼 시간이 더 필요하다.

나는 돌아갈 수 없다.
옛날들이 새로 돌아오고 있었다.

— 졸시, 〈연애의 날들〉

　　　자두가 익는 날씨에 감탄하는 것은 우리 감정의 사치
일지도 모르지만, 어쨌든 우리의 무구한 연애는 평탄해졌어요. 우리
가 맞은 저녁의 짙은 향기와 슬픔, 침묵은 아주 오래된 패총이나 고분
같은 것이지요. 우리는 저녁의 침묵 앞에서 검은 설탕이 녹을 때까지

내 몫의 사랑을
탕진하고
지금 당신을 만나

입을 다물고 겸손해질 필요가 있었어요. 저녁의 침묵 속에서 새로 돌아오는 옛날을 맞을 때, 옛날은 먼 미래의 오늘이었음을 새삼 깨닫겠죠. 옛날은 오늘이라는 얼굴로 자꾸 새로 돌아오겠지요. 가장 오래된 옛날은 바로 오늘입니다. 우리는 옛날의 가장자리에서 과거라는 질료로 빚어진 현재를 만지작거리죠. 연애의 날들은 빛이거나 침묵으로 굳어진 옛날입니다. 우리의 연애는 죽음이라는 판돈을 걸고 벌이는 가장 위험한 도박일지도 모르죠.

당신은 망원시장에서 두부 두 모, 파 세 단, 양파 다섯 개, 당근 네 개, 생강 약간, 감자 사백 그램, 사과 열 개, 토마토 다섯 개, 복숭아 세 개를 사고, 간식으로 양갱과 단팥빵을 사고, 그것을 담은 비닐봉지를 반으로 나눠 들고 돌아오는 걸 좋아했어요. 그것이 우리가 누리는 안녕과 행복의 전부였으니까요. 망원시장에서 칼국수를 먹고 어깨를 나란히 한 채 돌아오던 여름날의 저녁을 잊을 수가 없겠죠. 우리는 '돌꽃'에서 굴 정식을 먹고, '홍대밀방'에서 콩국수나 칼국수를 사 먹었지요. 당신이 앞치마를 두르고 부엌에서 미역국을 끓일 때 나는 벌써 새벽에 깨어나 자전自傳 몇 쪽을 적어 내려갑니다. 당신은 이런 평화와 안녕을 갈망하고 오래 누리기를 원했어요. 우리는 일종의 승전기념비로 함께 책을 쓰기도 했어요. 우리 앞에 얼마나 많은 날이 남아 있을까요? 당신은 젊고, 나는 늙어갑니다. 이것이 우리가 짊어진 불평등의 전부인 것이지요.

당신의 잠든 얼굴을 가만히 내려다보다가,

나도 모르게, 안녕, 하고 인사를 합니다.

내 몸의 사랑을
탕진하고
지금 당신을 만나

메	가	롱						
밸	리	에	서					

저 나무에게서 내가 얼핏 본 것은 영원이라는 것의 그림자입니다.

저 숲속 은자와의 스치는 듯한 이 만남에 어떤 의미가 있는 걸까요.

내 안에 영원의 어린 배아가 싹을 틔웁니다.

우리는 언젠가 이 지구를 떠날 거예요.

지금 우리의 살아 있음은 단지 죽음을 유예시킨 것에 지나지 않아요.

블루마운틴에 머문 지 사흘째 되는 날입니다. 우리는 아침 일찍 빵과 커피를 먹고 마시고 나섰어요. 메가롱 밸리는 블루마운틴의 낮은 지대에 있는 곳이죠. 김영 씨가 운전하는 자동차가 굽이굽이 숲속 우거진 나무 터널 길을 돌아 내려갑니다. 우리는 자동차를 주차하고 울울창창한 유칼립투스 숲속 길로 들어갔어요. 유칼립투스 나무들로 빽빽한 숲은 깊고 은밀하고 어두침침해요. 숲속 바닥은 죽은 나무들과 수북한 잎들, 그리고 수분이 있는 곳에는 고사리와 이끼가 군집의 생태계를 이루고 있습니다. 햇살이 빽빽한 나무들 틈 사이로 날카롭게 뻗쳐드네요. 나는 그 숲속 길에서 저 혼자 빛을 받아 마치 칼날처럼 날카롭게 햇빛을 반사해내는 어린 유칼립투스 나무 한 그루를 보았어요.

오, 어린 유칼립투스 나무여, 너는 우연으로 대지에서 솟아나와 지금 내 앞에 서 있구나! 나는 내 앞에서 환한 빛을 받으며 타오르는 어린 유칼립투스 나무를 보고 발걸음을 뗄 수가 없었어요. 저 어린 나무의 군건한 실존에, 몇만 년 동안 누리를 비춘 햇빛의 은혜를 오직 자기 것으로 취해버린 나무의 당돌함에 놀랐던 탓이지요. 이 만남은 전적으로 우연이고, 우리 생은 이런 우연들로 말미암아 붕붕대겠지요.

월트 휘트먼의 시 〈풀잎〉의 한 구절, "최상의 것을 드

러내고 그것을 최악의 것으로부터 분리하느라 세월은 세월을 괴롭힌
다"를 기억합니다. 우리가 드러낼 최상의 것은 무엇이고, 최악의 것은
무엇일까요? 최상의 것들은 살아 있다는 것, 당신과 함께 살아 있으
므로 누리는 기쁨과 도약을 포함해서 우정과 사랑, 모란과 작약 따위
들이겠지요. 인생에서 최악은 권태로운 나날들, 메마른 내면, 모든 형
태의 맹신과 교조주의, 배신과 무지, 냉담과 무관심, 탐욕과 무분별한
소비, 평범한 악행들 따위겠지요.

  메가롱 밸리의 숲속에서 만난 어린 유칼립투스 나무
한 그루는 저 스스로의 힘으로 태양빛을 받아 빛납니다. 저 빛에 감싸
인 타오르는 나무라니! 저 나무는 스스로 성화聖化한 것이겠지요. 저
나무에게서 내가 얼핏 본 것은 영원이라는 것의 그림자입니다. 저 숲
속 은자隱者와의 스치는 듯한 이 만남에 어떤 의미가 있는 걸까요. 내
안에 영원의 어린 배아가 싹을 틔웁니다. 우리는 언젠가 이 지구를 떠
날 거예요. 지금 우리의 살아 있음은 단지 죽음을 유예시킨 것에 지나
지 않아요. 우리는 차츰 소실점을 향해 질주하다가 가뭇없이 사라지
겠지요. 소실점 저 너머는 미지의 거대한 공동空洞이겠지요. 그때 우리
는 부재로써만 우리 현존의 알리바이를 만들 수 있겠지요. 하지만 우
리의 살아 있음을 덧없다고 하지는 말아요. 우리의 생은 죽음의 광휘
를 통해서 더욱 빛나는 것!

우리는 산책을 마친 뒤 다시 차를 타고 나와 메가롱 밸리 아래 분지에 있는 '티룸'에 도착했어요. 아침을 가볍게 먹은 탓인지 배가 고팠어요. 우리는 서둘러 각자 점심 메뉴를 고르고 주문했어요. 오랜 세월이 흐른 뒤 문득 메가롱 밸리 평원의 오아시스 같은 장소인 '티룸'에서 주문한 식사가 나오기를 기다리는 이 시간이 인생의 잊을 수 없는 한 찰나임을 알게 되셨지요. 그것이 뒤늦은 깨달음이라도 우리 존재의 자양분이 될 거예요. 우리는 북두칠성이 떠오르는 북반구에서 참 멀리 떠나왔습니다. 블루마운틴의 칠흑 같은 밤하늘에 수천의 별들이 떠오르지만, 거기 어디에서도 북두칠성의 모습은 찾아볼 수 없어요.

　　당신, 잘 있어요.

장석주 산문집

여	름	의								
느	낌									

당신은 복숭아를 몇 개나 먹은 뒤 여름과 이별했습니까?

당신의 여름은 상상한 만큼 거룩했습니까,

아니면 실망할 만큼 범속했습니까?

여름을 여름으로 거두려는 것은 오래된 관습이지요.

여름에 발생하는 사태는

다 예상 가능한 범주에 있는 것들이지만

우리는 늘 여름이 힘들었어요.

북반구의 여름 한가운데에서 남반구의 겨울로 계절 이동을 했어요. 남반구 중에서도 뉴질랜드의 북섬 오클랜드에 와 있습니다. 신이 한 계절을 둘로 쪼개 북반구에는 여름을, 남반구에는 겨울을 준 듯해요. 남반구는 겨울이라고는 하지만 푸른 잎들이 달린 금귤나무 가지마다 금귤들이 다닥다닥 열려 황금빛으로 익어가고, 동백과 목련은 붉은 꽃과 흰 꽃을 피웁니다. 게다가 낙엽수는 희귀하고 사철 푸른잎 나무들이 지천인 탓에 겨울 느낌은 옅지요. 북반구의 벗들이 폭염에 시달리며 덥다, 덥다, 할 때, 남반구에서는 기온이 내려가는 새벽이면 뼛속을 파고드는 한기에 몸서리치며 겨우 견디지요. 아무튼 무릎에 담요를 덮고 뜨거운 차를 마시며 겨울을 보내고 있어요. 어쨌든 겨울이니, 눈과 얼음이 없다고 하더라도 겨울의 고충과 예측 가능한 불편들이 여전합니다.

우리는 재스민 쌀로 밥을 지어 먹고, 한낮엔 공원에 나가 걷거나 베란다에서 햇볕을 쬐며 에드몽 자베스의 시집 따위를 읽습니다. 동절기의 해는 빨리 집니다. 오후 다섯 시에는 이미 땅그늘이 내려요. 저 유럽인들이 개와 늑대의 시간이라고 부르는 그때, 어두운 숲속에서 왈라비들이 나타나곤 해요. 이국에서 저녁을 맞을 때 멜랑콜리가 왈칵 쏟아지면 우리는 은퇴한 운동선수처럼 이 시간의 고적함을 견디려고 애쓰지요. 우리는 붉은 포도주 한두 잔을 마시며 말없이 나달나달 헤진 영원의 끝자락이나 만지작거립니다. "영원은 어떠한 질문도 없이 존재한다."* 당신은 말이 없고, 나는 그 침묵의 무게에 기대어 낙타를 타고 사막을 건너는 것입니다. 영원에 대한 생각은 하염없고 치명적이지요. 불가능한 것을 가능성 안에서 시험하기 때문이겠지요.

여름이 여름 한가운데로 진격하고
흰 모래 번쩍이고 푸른 물 출렁인다.

황혼과 이별과 복숭아가 무르익을 때
먼 고장에서 이모들이 온다.

소년은 모호한 식물의 표정을 짓고
여름은 기린들이 숙고하기에 좋은 계절,

팔과 다리가 그을린 소년이 흰 그림자와 함께 오는
여름 아침, 당신은 장미꽃을 들고 오라,

여름의 모퉁이에 서서 여름을 전별餞別한다.
방금 누군가의 여름이 지나갔다.

— 졸시, 〈여름의 느낌〉

내 몸의 사랑을
탕진하고
지금 당신을 만나

당신의 여름은 어떻습니까? 당신은 복숭아를 몇 개나 먹은 뒤 여름과 이별했습니까? 당신의 여름은 상상한 만큼 거룩했습니까, 아니면 실망할 만큼 범속했습니까? 여름을 여름으로 거두려는 것은 오래된 관습이지요. 여름에 발생하는 사태는 다 예상 가능한 범주에 있는 것들이지만 우리는 늘 여름이 힘들었어요. 그러나 잘 보낸 여름은 바람의 조력 없이는 한 치도 나아가지 못하는 배의 돛과 같이 우리의 명예가 되겠지요. 또 한편으로 여름은 누군가의 사후에 안개꽃을 들고 찾아온 소년같이 순진하겠지요. 여름을 지나면서 키는 부쩍 자라고 팔다리가 그을린 소년이란 여름의 교목이라고 할 수 있겠지요. 소년들에게 긴 여름방학은 얼마나 빨리 지나가던지요! 여름방학 끝 무렵이면 방학 숙제를 다 하지 못한 소년은 늘 악몽에 시달렸지요.

어려서부터 여름의 느낌, 즉 눈[雪]과 황혼, 검은 설탕이 녹는 시간의 느낌을 좋아했어요. 사실 여름을 싫어했던 적은 없었어요. 여름 아침을 좋아하고, 여름날 저녁에 새로 갈아입은 막 다림질한 면 셔츠의 촉감을 사랑하고, 여름의 바다와 만灣의 풍경을 동경하고, 여름의 늦은 오후에 듣는 리 오스카의 연주와 쳇 베이커를 좋아했어요. 여름의 끝자락에서 누군가의 여름을 전별하면서 나이를 한 살씩 더 먹는 느낌은 나쁘지 않습니다. 여름의 황혼과 찐 옥수수와 복숭아

* 에드몽 자베스, 앞의 책, 99쪽.

와 하루키의 단편들, 짝사랑하던 소녀의 미소와 텅 빈 해변을 달리는 개와 이웃집에서 들려오는 피아노 소리, 바람에 휘날리는 버드나무 가지들……. 나는 그런 여름을 지나 지금 여기에 와 있는 것입니다.

　　　어느덧 아버지가 돌아가시고, 몇 해 뒤 어머니가 돌아가셨어요. 죽은 자가 여름이 없는 곳으로 떠난 것은 분명하지요. 이제 외삼촌과 이모들도 없습니다. 누구도 조바심 속에서 세상을 떠났다고 믿을 수는 없어요. 그러나 여름은 어머니와 아버지의 부재 속에서 기일忌日 맞듯이 맞을 수밖에 없어요. 이게 진실인 거지요. 아버지를 여읜 자에게 약간의 슬픔조차 없다고 말할 수는 없어요. 저 먼 하늘가에서 파도 소리가 환청으로 들려올 때, 나는 늘 문지방에 이마를 대고 누군가의 여름을 전별합니다. 공중에서 타오르던 하얀 화염들이 사라지면서 여름은 여름의 내부에서 자멸합니다. 지금은 가면을 벗을 시각! 가면을 벗고 저 영원 속으로 속절없이 사라지는 계절의 뒤에서 한마디 인사쯤은 남겨야겠지요. 잘 가라, 내 어린 날의 여름들, 그리고 녹색의 그늘들과 도처에 넘치던 흰빛들이여!

　　　당신, 잘 있어요.

내 몸의 사랑을
탕진하고
지금 당신을 만나

당	신	이	라	는					
첫		모	란						

나는 날마다 사과 한 알씩을 먹으며 당신을 사랑합니다.

사랑은 하나의 성냥개비가 칙, 하고

불꽃을 일으켰다가 꺼지는 찰나의 사건이지요.

내가 '당신의 첫'이 아니더라도 상관없습니다.

'당신이라는 첫'은 저 오클랜드 서쪽 바다의 일렁이는 너울같이

내게 연이어 다가오는 첫사랑입니다.

우리는 '아오테아로아', 낮고 길고 흰 구름의 땅 오클랜드에 왔습니다. 오늘 오전 오클랜드 문학회 초청 강연을 했어요. 강연 장소는 오클랜드 제중한방병원 안의 한솔문화원이었어요. 오클랜드 문학회 회원들과 독자들, 고교 동창인 전홍진 부부, 뉴질랜드로 이민 와서 오클랜드에 사는 고교 동창 송지복 군도 함께했어요. 조촐한 자리에서 벌인 가연佳宴이었어요. 강연이 끝난 뒤 우리는 한인식당 '자미'로 몰려가 함께 점심을 먹었어요. 누군가는 육개장을, 누군가는 설렁탕을, 누군가는 강된장 비빔밥을 주문했어요. 식사를 다 마치고 바깥으로 나오자 오클랜드의 청명한 하늘과 금싸라기처럼 반짝이는 햇살이 쏟아져서 당신은 잠깐 미간을 찌푸렸지요. 이곳은 지금 우기여서 화창한 날씨는 아주 드문데, 오늘은 운이 좋았다고 해야겠지요.

오클랜드 문학회를 꾸리는 최재호 변호사가 운전하는 차를 타고 우리는 오클랜드의 서쪽 무리와이 비치로 갔어요. 너른 모래밭 저 너머로 광활한 오클랜드의 겨울 바다가 기울어가는 햇빛 속에서 몸을 뒤채고 있었어요. 먼 바다는 거울의 한 조각인 듯 완강하게 빛을 반사하고, 가까운 바다는 거친 너울로 연신 일렁였어요. 바람이 센 언덕을 넘어 바다가 한눈에 조망되는 곳에서 거칠게 포말을 일으키며 달려오는 파도를 오래 바라보고 섰지요. 촛대처럼 솟은 바위 꼭대기에는 갈매기들이 하얗게 내려앉아 구구거리고 있었지요. 최재호 변호사 내외와 남인숙 씨, 그리고 당신! 이 찰나 우리가 한 시공에 함

내 몸의 사랑을
탕진하고
지금 당신을 만나

께 있다는 사실이 눈물이라도 날 듯 새삼스럽습니다. 우리는 지나간 것과 다가오는 찰나에 종속되면서 시간의 커다란 띠 안에 있습니다. 우리는 영원이라고 부르는 이 찰나에 잠시 멈춰 서서 서로를 호명하는 게 아닐까요? 이 찰나, 서로를 그리워하며 애타게 서로를 부르는 이 시각은 당신과 나의 '첫'입니다.

김혜순 시인의 "내가 세상에서 가장 질투하는 것, 당신의 첫"으로 시작하는 〈당신의 첫〉이란 시가 갑자기 떠올랐던 것이지요. '당신의 첫'과 '당신이라는 첫' 사이는 얼마나 멀까 혼자 곰곰 생각했어요. '당신의 첫'은 내가 모르는 비밀, 영원한 수수께끼, 반면 '당신이라는 첫'은 내가 잘 아는 것. '당신의 첫'을 모르니 '당신이라는 첫'도 겨우 더듬어볼 수밖에 없는 것이 아닐까요. '당신의 첫'에는 내가 없습니다. 당신의 시간과 분리된 채로 어딘가를 떠돌 때 거기에 나는 없고, '당신이라는 첫'에는 내가 함께 있어요. '당신의 첫'은 이때껏 피지 않은 동백과 모란의 꽃봉오리들이 아닐까요. 서울에서 나고 자란 당신이 시골에 가서 처음 모란꽃을 보고 탄성을 내지를 때, 나는 다른 하늘 아래를 걷고 있었겠지요. 그것이 '당신의 첫'이고, 나는 부재의 현존으로 당신과 엇갈린 채로 존재했어요. 당신이 가눌 수 없는 슬픔으로 친구의 어깨에 기대어 울고 있을 때 그것이 '당신의 첫'이고, 그때 나는 사람들 속에서 웃고 있었지요.

나는 내가 있다고 생각하는 거기에는 없어요. 아마 나는 내가 없는 곳에만 존재할 거예요. 순간이 영원을 모방하듯이, 바람이 물결을 밀고 가듯이, 나는 나의 부재로써만 살아갑니다. 산다는 것은 유랑극단 무대에 서는 희극배우처럼 나 자신을 하염없이 흉내 내는 것에 지나지 않는 일이지요. 식당에서 밥을 먹고 있는 나, 카페에서 커피를 마시고 있는 나, 누군가를 만나고 있는 나, 출판사 사무실에서 계약서에 서명을 하고 있는 나, 망원시장 모퉁이를 지나가고 있는 나……. 진심을 다해 말하지만, 나는 거기에 없었어요. 나는 부재의 존재인 것입니다.

　　내가 웃거나 울고 있을 때, 그것은 나와는 다른 누군가의 공허한 웃음이고, 울음인 것이죠. 나를 낯설게 느끼는 것은 나란 존재가 거울 속의 나를 모방하고 있기 때문이지요. 나는 나의 너머에 있는 사람, 나는 나의 부재예요. 우리는 서로의 그 아무 부피감도 느낄 수 없는 부재를 끌어안고 불가능한 사랑을 나눠요. 우리 존재가 부재가 아니라면 당신을 애무하는 나의 손길이 그토록 애틋할 수 있을까요. 사랑하는 자를 애무하는 손은 곧 만질 수 없는 것을 만지려는 가망 없는 시도를 하는 것이지요. 우리가 부재가 아니라면 '당신의 첫'에 내가 이토록 타는 목마름을 가질 리가 없었지요. 당신은 항상 당신 너머에 있어요. 당신이 있다고 생각하는 그곳에 당신은 없어요.

79

나는 내가 있다고 생각하는 거기에는 없어요. 아마 나는 내가
없는 곳에만 존재할 거예요. 순간이 영원을 모방하듯이, 바람
이 물결을 밀고 가듯이, 나는 나의 부재로써만 살아갑니다.

당신은 당신 인생의 여정에서 겪은 무수한 '당신의 첫'
들의 찰나에서 발아되어 밀봉되어 있습니다. 당신의 첫 밤, 당신의 첫
울음, 당신의 첫 웃음, 당신의 첫사랑, 당신의 첫 실패, 당신의 첫 거짓
말, 그 많은 '당신의 첫'들 속에서 당신은 무심코 발견됩니다. '당신의
첫'은 당신 인생을 스치고 지나간 한 찰나, 그리고 "곤경의 가장 미약
한 부분", "타버린 지푸라기"입니다. 그 무수한 '당신의 첫'은 이미 지
나갔습니다. 나는 '당신의 첫'이 될 수 없습니다만, 그것은 얼마나 다
행한 일인지요. 그것은 영원한 목마름이 되어서 내가 당신을 사랑할
수 있는 필연이 될 테니까요. 나는 겨우라는 부사에 기대어 날마다 사
과 한 알씩을 먹으며 당신을 사랑합니다. 사랑은 하나의 성냥개비가
칙, 하고 불꽃을 일으켰다가 꺼지는 찰나의 사건이지요. 내가 '당신의
첫'이 아니더라도 상관없습니다. '당신이라는 첫'은 저 오클랜드 서쪽
바다의 일렁이는 너울같이 내게 연이어 다가오는 첫사랑입니다. 당신
이 첫사랑이 아니라면 옆에 있는데도 이토록 당신을 그리워할까요?
당신은 옆에 있지만 멀리 있어요. 당신은 찰나이면서 그 찰나가 품은
영원입니다.

내 첫 모란이고, 내 끝없는 목마름인
당신, 잘 있어요.

자두나무 한 그루 없이

감나무 가지에 붉은머리오목눈이가 날아와 우는 늦가을 저녁,

고요가 산에서 내려온 키 큰 짐승처럼 부엌 안쪽을

우두커니 들여다보곤 했지요.

그 시절 내 몫의 사랑을 탕진한 나는 머리를 산발한 채

흑염소처럼 울부짖으며 벽에 머리를 쿵쿵 박았어요.

누군가를 그리워하는 마음이 시도 때도 없이 벌겋게 발열되었지요.

우리는 오클랜드의 동쪽 세인트 헬리어스만에 와 있습니다. 일몰의 바다는 놀랄 만큼 고요합니다. 만 안쪽 바다가 고요한 것은 먼바다에서 오는 높고 거친 파도를 소처럼 길게 누운 섬이 가로막고 있어서죠. 일몰은 돌연 큰 건물을 무너뜨릴 듯 일대를 덮칩니다. 공중에 떠 있던 해가 하루치 빛의 잔량을 다 써버리고, 해안가 일대에는 벌써 눈썹 검은 어둠이 일렁이고 있네요. 이 시각 저 숲속 깊은 곳의 짐승들은 마음 둘 데를 찾지 못해 우왕좌왕하겠지요. 낯선 나라의 만 안쪽 카페에서 사람들은 롱 블랙커피 한 잔씩을 놓고 말이 없습니다. 그들은 하루 끝의 침울함을 빵 조각을 나누듯 나눠 갖겠지요. 이 시각 바다의 고요는 너무나도 깊어서 어떤 명랑함도 없습니다만 그걸 탓할 수는 없습니다. 우리는 만을 끼고 돌아나가는 해안도로 위에 자동차 미등의 불빛들이 꼬리를 물고 있는 것을 말없이 바라봅니다.

자두나무 베어낸 자리에 온 가난,
당신과 나,
자두나무 한 그루 없이
이웃들은 저녁마다 흑염소처럼 울었네.

자두나무 베어낸 공지를 건너온
족제비가 부엌 안쪽을 들여다보네.
늦가을 저녁 마당엔 눈썹 검은 저녁이 오고

내 몸의 사랑을
탕진하고
지금 당신을 만나

우리는 자두나무 한 그루 갖지 못한 채
얇아진 가슴을 안고 살았네.

가끔 고요의 안쪽에서 울리는
깃 없는 메아리의 캄캄함에 귀 기울이는데,
살얼음 딛는 아이같이
당신 발은 젖어 있었네.

— 졸시, 〈극빈〉, 《일요일과 나쁜 날씨》(2015)

      한반도 중부 내륙의 누옥에서 보낸 어떤 늦가을 저녁을 떠올립니다. 당신은 멀리 있고, 나는 극빈의 생활을 늠름하게 꾸릴 때였죠. 끼니때는 뜨거운 밥을 지어 먹고, 산림욕장을 다녀온 뒤 냉수 마찰을 하며, 밤에는 플라톤의 책들을 읽었죠. 감나무 가지에 붉은머리오목눈이가 날아와 우는 늦가을 저녁, 고요가 산에서 내려온 키 큰 짐승처럼 부엌 안쪽을 우두커니 들여다보곤 했지요. 그 시절 내 몫의 사랑을 탕진한 나는 머리를 산발한 채 흑염소처럼 울부짖으며 벽에 머리를 쿵쿵 박았어요. 누군가를 그리워하는 마음이 시도 때도 없이 벌겋게 발열되었지요. 그러나 그리움이 독으로 변해 내 안쪽을 까맣게 태울 때조차 나는 애써 태연했어요.

늦가을 저녁 마당에 눈썹 검은 저녁이 산짐승처럼 내려올 때 당신은 내 곁에 없었어요. 오직 부재함으로써만 당신은 내 곁에 있었죠. 검은 설탕이 녹는 동안 당신의 아침은 나의 저녁이고, 나의 저녁은 당신의 아침이었죠. 우리는 그렇게 서로를 모른 채 먼 곳에서 살았어요. 그것은 누구의 잘못도 아니지만 그 시절 우리는 자두나무 한 그루 갖지 못한 극빈을 견뎌내고 있었죠. 자두나무 한 그루를 갖지 못한 극빈은 그것대로 자족할 만했어요. 어느 날 당신이 종려나무같이 서 있는 내 조촐한 살림의 가장자리에 가만히 날아와 앉았어요. 우리는 마음속에 자두나무 한 그루를 키우며 겨우 현미밥 반 공기씩을 먹고, 늦가을 저녁 너구리와 족제비가 오는 생활에 비교적 잘 적응했습니다. 빈 밭을 가로지르는 고라니들, 영산홍과 작약, 텃밭과 저수지, 봄에는 시를 쓰는 버드나무들, 우리의 애착 없이도 꿋꿋한 복숭아나무와 산벚나무와 단풍나무와 함께한 우리 생활은 그런대로 좋았어요.

당신, 감기 조심하세요.
부디 잘 있어요.

내 몫의 사랑을
탕진하고
지금 당신을 만나

도	서	관	과						
정	신	병	원						

정신병원은 차별과 배제의 권력이 작동하는 장소에요.

광기와 비이성에 빠진 이들을 치료하고 교정하는 기관이 아니라

이성 중심의 권력들이 내친 이들을 격리하고

가두는 장치에 지나지 않아요. 또 다른 형태의 감옥인 것이지요.

광기란 그토록 위험한 것일까요?

우리는 여전히 오클랜드에 머물고 있습니다. 우기로 접어든 이 고장 날씨는 이상하게도 며칠 동안 화창했어요. 햇살이 녹색 풀밭에 쏟아지고, 동백나무의 녹색 잎들은 유난히 반들거렸어요. 녹색 풀밭과 파란 물감을 엎지른 듯 새파란 하늘, 낮게 드리운 흰 구름도 눈이 시도록 깨끗했어요. 오클랜드에서 발길 닿는 대로 다녔는데, 가장 인상적인 장소는 도서관이었죠. 동네마다, 경관이 아름다운 곳에 도서관들이 있었어요. 데본포트 바닷가의 한적한 도서관도 인상적이었어요. 2층으로 된 도서관에는 평일에도 지역 주민들이 나와 책을 읽고 있었어요. 서가를 꽉 채운 각종 책들, 데스크톱 화면을 골똘하게 들여다보거나 바다가 보이는 도서관 2층 창가에서 책읽기 삼매경에 빠진 어른들, 카펫이 깔린 바닥에 눕거나 뒹굴며 책을 보는 어린아이들……. 나는 도서관 2층 창가에 서서 만(灣)의 안쪽에 있는, 파도 없이 잔잔한 바다를 바라보았어요. 날마다 도서관에 나와 바다가 보이는 창가 자리에서 종일 책을 읽을 수만 있다면! 여행자의 눈에 비친 이들 모두는 자유를 만끽하고 있는 것으로 보였어요. 여기가 천국이 아니라면 어디에 천국이 또 있을까요.

누군가의 상상에 따르면 도서관은 천국이고 미로이며, 무한수의 육각형 진열실로 이루어진 우주지요. 그 누군가는 작가이자 아르헨티나 국립도서관장을 지낸 보르헤스라는 사람이지요. 유전적 기질과 책을 지나치게 읽은 탓에 결국 눈이 먼 이 헤르메스의 후예는 도서관에 대한 환상을 품고 살았지요. 보르헤스는 도서관이 하나의 우주, 즉 하나의 거대한 텍스트이고, 이 우주는 무한 반복되는 것이라고 상상했어요. 우리가 도서관에 가는 것은 어떤 문제들에 대한 해답을 찾기 위해서입니다. "육각형 진열실에 가면 그 어떤 개인적 문제나 세계 보편적 문제에 대한 명쾌한 해답을 찾을 수가 있었다. 우주는 그 존재 이유가 밝혀졌고, 우주는 순식간에 무궁무진한 희망의 차원을 획득하게 되었다."* 도서관에는 불사不死와 점성술, 미로와 우주론, 붙박이별들의 하늘, 천체 운동, 갖가지 초자연적 현상을 밝혀주는 책들이 서가마다 가득 꽂혀 있겠지요. 이 도서관이 미로임을 잊어서는 안 돼요. 어떤 '변론서'를 찾으러 도서관에 온 이가 있다면 그는 미로에서 길을 잃고 헤매게 될 거예요. "만약 어떤 순례자가 어느 방향에서 시작했건 간에 가로질렀다고 하자. 그는 똑같은 무질서 ― 이 무질서도 반복되면 진리가 되리라 ― 속에서 똑같은 책들이 반복되고 있음을 확인하게 되리라."** 도서관이 주는 것은 해답이 아니라 고독의 깊이 속에서 진리를 찾아 오래 헤매는 지적인 방황과 권태를 낳지 않는 유일한 기다림이 아닐까요.

　　우리가 오클랜드에 오기 전에 머문 시드니는 풍광이

---

* 호르헤 루이스 보르헤스, 송병선 옮김, 《픽션들》, 민음사, 2011, 137쪽
** 호르헤 루이스 보르헤스, 앞의 책, 143쪽.

좋은 장소에 주로 정신병원이 많았어요. 사십오 년 만에 만난 고등학교 동창 전홍진 군은 생업에서 은퇴하고 노인과 치매 환자를 돌보는 요양병원에서 세탁일을 하더군요. 일주일에 사흘 출근해 일하면서 주급을 받는다는 전홍진 군의 권유로 그가 일하는 요양병원을 가봤는데, 하나의 작은 마을이더군요. 요양병원은 여러 채의 건물들로 나뉘어 있고, 구획을 나누는 도로와 버스정류장도 있었어요. 이 버스정류장에는 버스가 서지 않아요. 버스정류장은 병동을 탈출하는 치매 환자들을 유도하기 위한 장치라죠. 간혹 치매 환자들이 무작정 병동을 나와 옛날 습관처럼 집으로 돌아가려고 버스정류장에 서서 종일 오지 않는 버스를 기다리다가 붙잡혀 돌아간다고 해요. 이들이 헛되이 기다렸을, 꿈속의 집으로 데려갈 버스란 오지 않는 '고도'가 아니었을까요. 버스가 도착하지 않는 장소에서 버스를 하염없이 기다리는 사람들이라니!

사무엘 베케트의 저 유명한 희곡 《고도를 기다리며》에는 부랑자 에스트라공과 블라디미르, 두 사람이 나오는데요. 이들은 시골길, 나무 한 그루 없는 황량한 곳에서 '고도'를 기다립니다. "이제는 가자." "안 돼." "왜?" "고도를 기다려야지." "참 그렇지, 고도를 기다려야지." 이들은 고도가 누구인지도 모른 채 고도를 기다리느라 일생을 다 보내지만, 온다는 고도는 끝내 나타나지 않아요. 이들은 영원한 기다림이란 형벌에 처해진 자들이고, 이들이 고도를 기다리는 장소는

내 몸의 사랑을
탕진하고
지금 당신을 만나

정신병원이거나 감옥에 지나지 않아요. 이들은 벙어리와 장님이 된 채로 고도를 기다리는 형벌을 받고 있는 것이지요.

　　　　정신병원은 차별과 배제의 권력이 작동하는 장소예요. 광기와 비이성에 빠진 이들을 치료하고 교정하는 기관이 아니라 이성 중심의 권력들이 내친 이들을 격리하고 가두는 장치에 지나지 않아요. 또 다른 형태의 감옥인 것이지요. 광기란 그토록 위험한 것일까요? 광기의 본질은 극단적이고 과잉인 그 무엇, 그래서 진실이나 이성으로 되돌릴 수 없는 불가사의한 에너지이지요. 미셸 푸코는 광기를 모든 생산적인 가능성과 차단된 채 파멸, 더 나아가 죽음으로만 통해 있는 것으로 이해했지요. 롤랑 바르트는 푸코가 광기를 병이 아니라 이질적인 것의 분비, 혹은 이성과 비이성, 보는 자와 보이는 자라는 대립적 쌍이 만들어낸 기능적 분류에 지나지 않는 것으로 받아들였다고 해요. 한마디로 정신병원은 이성주의가 득세한 사회가 만든 예외자들, 이성을 벗어던진 채 벌거벗은 자들을 가두기 위한 사회 통제의 한 수단으로 굳건했던 것이지요. 흔히 이성은 진리라는 가면을 쓰고 나타나 수많은 명령을 발화해요. 공부해라! 사회의 규율들을 지켜라! 군대를 가라! 이런 갖가지 명령이야말로 억압적 권력이 작동하는 방식이지요. 이성을 권력으로 섬기는 사회에서는 이 명령에 고분고분 따르지 않는 자들을 따로 떼어서 차별의 공간으로 밀어 넣지요. 병영, 감옥, 학교 따위가 다 분리와 배제, 억압과 폭력이 작동하는 공간이라는 점에서 정신병원이나 다를 바가 없지요.

시드니와 오클랜드는 아름다운 도시임이 틀림없어요. 두 도시는 닮았으면서도 어딘가 모르게 달랐어요. 아름다운 경관이 펼쳐진 자리에 도서관을 짓거나 정신병원을 두는 것에는 어떤 합목적성이 작용한 것이겠지요. 시드니와 오클랜드, 두 도시의 차이는 무엇일까요? 도서관을 만든 쪽이 정신병원을 만든 쪽보다 도덕적으로 우월한 사회라고 판단할 수는 없어요. 그 반대의 경우도 마찬가지지요. 도서관이나 정신병원이 회색의 영혼을 위한 고독과 기다림의 장소라는 점에서 똑같습니다. 그 고독과 기다림의 장소를 경관이 좋은 곳에 배치한 사회가 조금 더 인간의 얼굴에 가까운 야만이 아닐까요?

당신, 잘 있어요.

내 몸의 사랑을
탕진하고
지금 당신을 만나

당	신	이	라	는				
명	자	나	무					

젊음이란 사랑을 탕진하고도 재기할 수 있는 가능성입니다.

젊음은 성급한 욕망이고, 잠재적 실패와 울음이며,

또다시 사랑할 수 있음 속에서 빛이 납니다.

당신은 자신의 젊음에 대해 자랑스러워할 수 있습니다.

이것은 매혹적인 재화이기 때문이지요.

우리는 여전히 오클랜드에 있습니다. 오늘 하늘은 빠져 죽어도 기분 좋을 만큼 파랗고, 흰 구름은 낮고 길게 늘어져 있습니다. 며칠째 오클랜드 하늘은 청명하고 날씨는 화창해요. 우리는 고등학교 시절의 벗 송지복 군의 안내로 오클랜드 변두리의 벼룩시장을 둘러보고, 와이타케레 공원 안의 카우리 나무를 만나러 갔어요. 송지복 군은 우리를 현자에게 인도하듯, 나이가 천 살에 이른 카우리 나무에게 인사를 드려야 한다고 했어요. 시드니의 대지에 유칼립투스 나무들이 서 있다면, 오클랜드 와이타케레 공원의 깊고 어두운 숲속에는 카우리 나무들이 자라고 있었어요. 우리는 울울창창한 숲속으로 들어와 굽이굽이 돌아서 우뚝 솟은 아름드리 카우리 나무 앞에 닿았어요. 수령 천 년을 넘긴 거목이라니!

저 천 년의 거목 카우리 나무는 숲으로 뻗쳐 들어온 햇빛을 받으며 늠름합니다. 저 나무와 우리는 빛으로서의 세계 내 존재라는 점에서 동등하지요. 내가 바라보는 자, 관조자로서의 주체라면, 저 나무는 바라봄의 대상이죠. 주체라는 것은 자기 안에서 자기로 머무는 존재라는 뜻입니다. 나는 주체로서 저 빛 속에 서 있는 나무를 관조하지요. 나는 저 나무를 바라볼 뿐, 저 나무가 제 안에 쌓은 천 년이란 시간으로는 들어갈 수 없어요. 지금 이 찰나는 카우리 나무를 바라보는 시간, 그것을 관조하면서 빛과 인식과 의식 속에서 주체로 귀속하는 시간이지요. 저 빛에 감싸인 거목 앞에 마주 섰을 때, 우리는

내 몸의 사랑을
탕진하고
지금 당신을 만나

놀라움과 경외감을 품지 않을 수 없었어요. 이 카우리 나무는 궁극의 비의성秘意性을 품은, 크고 높고 의연한 존재였어요. 안내판에 따르면, 이 카우리 나무의 자연수명은 앞으로도 천오백 년 더 이어진다고 하니, 놀랍지 않나요? 카우리 나무에게 천 년은 현실이지만 백 년 미만을 사는 인간에게는 모호한 추상에 지나지 않아요. 천 년이란 세월은 인간의 시간 감각으로는 도무지 실감하기 불가능한 사태지요.

저 카우리 나무가 겪은 천 년이 추상이나 관념이란 점에서 그것은 영원과 닮았어요. 순간이 영원이 아니라면 무엇일까요? 순간을 펼치면 그 안에 무수한 주름이 있고, 그 주름 속에는 무한 시간이 접혀 있겠지요. 하늘 안에는 무수한 하늘이 접혀 있고, 바다 안에는 무수한 바다가 접혀 있겠지요. 우리는 그 접혀 있는 것을 영원이라고 부릅니다. 하지만 우리는 영원을 촉감으로 느낄 수도 없고, 손에 거머쥘 수도 없어요. 그것은 시간 너머의 추상인 것이지요. 우리가 느낄 수 있는 것은 순간일 뿐이죠. 순간에서 영원이 섬광처럼 번쩍이는 것을 알 수 있죠. 우리는 순간에서 영원을 보고 그 영원에 도취될 수도 있겠지만, 우리가 느낄 수 없는 영원은 순간 속으로 틈입했다가 이내 사라집니다. 당신과 나는 그 사라지는 것 위에서 삶을 펼치고 있는 것이지요. 산다는 것은 흐르는 시간의 강물 위에 기억을 풀어 쓰는 것. 그것은 응고되어 멈추어 있지 않고 어디론가 흘러가 사라집니다.

오늘 아침 남반구의 오클랜드에 있는 작은 호텔방에서 우리는 사과 한 알을 나눠 먹었어요. 날마다 사과를 먹는 것은 우리의 상쾌한 습관! 창을 통해 비쳐든 햇빛 속에 있는 당신을 바라보면서 새삼 당신이 젊다고 생각했어요. 나는 웬일인지 슬퍼집니다. 당신의 젊음이 슬픈 게 아니라 이 빛나는 찰나들에 영원히 머물지 못한다는 자각과, 우리가 시간이란 유한 자원을 소비하며 사라지는 존재라는 인식이 나를 꿰뚫고 지나갔기 때문이지요. 시간은 흘러가면서 우리를 어딘지 알 수 없는 곳으로 데려가겠지요.

나는 당신이 목젖을 보일 만큼 크게 웃는 걸 좋아해요. 당신의 낙관주의, 투덜거림, 벌레 포비아 — 빠르게 움직이는 벌레에 대한 이해할 수 없는 극심한 두려움 —, 사소한 취향들 — 당신은 커피 애호가이고(특히 롱 블랙), 군것질을 좋아하지요 — 숙면에 대한 집착을 존중해요. 그것이 당신을 빚는 필요 요소들이기 때문이지요. 젊음이란 사랑을 탕진하고도 재기할 수 있는 가능성입니다. 젊음은 성급한 욕망이고, 잠재적 실패와 울음이며, 또다시 사랑할 수 있음 속에서 빛이 납니다. 당신은 자신의 젊음에 대해 자랑스러워할 수 있습니다. 이것은 매혹적인 재화이기 때문이지요.

하지만 나도 한때 젊었었다는 걸 잊지 마세요. 누구도 처음부터 나이 든 게 아니에요. 며칠 밤을 새우며 글을 쓰고, 혼절

내 몸의 사랑을
탕진하고
지금 당신을 만나

한 듯이 자고 깨어나면 피로가 씻겨 가뿐했던 젊은 날은 이제 사라지고 없어요. 나는 규칙적인 수면, 산책, 소식을 하며 건강을 유지하지요. 나이가 든다는 것은 더는 탕진할 수 없는 시간을 가진 존재, 그리고 사라져가는 것들―부재와 상실―에 더 예민해져 싸운다는 뜻이지요. 나는 오랫동안 불행의 거처에서 내 몫의 곤경과 싸웠어요. 어쩌면 이것은 사소한 일일지도 모릅니다.

당신 뒤편에는 어떤 명자나무가 자라고 있나요? 우리는 저마다 명자나무를 갖고 있습니다. 나만의 편애, 나만의 취향, 나만의 고집, 나만의 욕망……. 이것이 내 안에서 자라는 명자나무지요. 나는 한 그루 명자나무로서 당신이라는 명자나무를 바라봅니다. 달의 뒤편에서 말갛게 웃는 당신!

불행을 질투할 권리를 네게 준 적 없으니
불행의 터럭 하나 건드리지 마라!

불행 앞에서 비굴하지 말 것. 허리를 곧추세울 것. 헤프게 울지 말 것. 울음으로 타인의 동정을 구하지 말 것. 꼭 울어야만 한다면 흩날리는 진눈깨비 앞에서 울 것. 외양간이나 마른 우물로 휘몰려가는 진눈깨비를 바라보며 울 것. 비겁하게 피하지 말 것. 저녁마다 술집들을 순례하지 말 것. 모자를 쓰지 말 것. 콧수염을

기르지 말 것. 딱딱한 씨앗이나 마른 과일을 천천히 씹을 것. 다
만 쐐기풀을 견디듯 외로움을 혼자 견딜 것.
쓸쓸히 걷는 습관을 가진 자들은 안다.
불행은 장엄 열반이다.

너도 우니? 울어라, 울음도
견딤의 한 형식인 것을,

달의 뒤편에서 명자나무가 자란다는 것을
잊지 마라.

— 졸시, 〈명자나무〉, 《절벽》(2007)

　　카우리 나무 앞에 서 있을 때 우리의 불운과 불행 들이
얼마나 사소한가를 곱씹어봤어요. 그것들에 머리채를 잡힌 채 막무가
내로 휘둘릴 때, 나는 비굴하게 굽신거리지 말고, 허리를 곧추세운 채
견디자고 다짐했었죠. 사실 죽을 만큼 괴로웠지만 스스로에게 헤프게
울지 말고, 울음으로 타인의 동정을 구하지도 말자고 했지요. 우리가
견딘 불운과 불행 들은 저 카우리 나무 주변의 어린 교목들에 지나지
않아요. 우리가 감당한 슬픔과 불행 들이 바다라면, 우리는 그 바다를
건너는 두 마리 눈먼 새이겠지요.

남반구 도시의 침상에서 당신은 나보다 먼저 잠이 들었지요. 잠든 당신의 얼굴을 들여다보다가 '안녕!'이라고 인사를 남깁니다.

　　잘 있어요, 당신.

우리는 영원을 촉감으로 느낄 수도 없고, 손에 거머쥘 수도 없어요. 그것은 시간 너머의 추상인 것이지요. 우리가 느낄 수 있는 것은 순간일 뿐이죠.

나무의
존재함에 대하여

내 눈길이 가닿음으로써 저 어린 나무는

무와 익명성에서 존재자의 지평으로 솟구쳐 나왔어요.

저 나무는 존재에서 존재자로 이동합니다.

저 나무와 나는 존재의 지평에서 동등한 자격으로 만납니다.

이 마주침은 우주적인 일입니다. 빛이 저 어린 나무를 빚고,

그다음 내가 저 어린 나무에게 눈길을 줌으로써

존재자로 발명한 것이지요.

블루마운틴 메가롱 밸리의 숲속에서 만난 빛으로 타오르는 나무는 경이로웠어요. 그 어린 유칼립투스 나무가 저 혼자 빛을 받고 있었을 때 눈을 의심하면서 다시 바라보았지요. 그 이상한 광휘에 감싸인 어린 나무가 눈길을 잡아끈 것은 당연한 일인지도 모릅니다. 그 나무는 외부의 빛이 아니라 내부의 발광發光으로 빛나는 듯 보였어요. 내가 아니었다 하더라도 누군가는 발걸음을 멈춘 채 저 어린 나무를 순수한 관조의 대상으로 바라보겠지요.

빛은 사물과 현전의 외재성을 움켜쥐는데요, 그 움켜쥠이 대상을 억압하는 것은 아니지요. 사물과 현전은 오직 빛 속에서 홀연히 윤곽과 형태를 갖추지요. 절대자가 빛이 있으라 하니 세상에 빛이 도래합니다. 빛의 원리에 대해서라면 아무 말도 하고 싶지 않아요. 다만 아무것도 아니었던 것들이 빛이 비치자 무無와 익명성을 뚫고 솟아오르는 이 현상에 대해 몇 자 적고자 합니다. 아침의 물상은 아침의 빛이 빚어낸 것들이지요. 모든 현전은 빛 속에서 차이를 드러내며 분별됩니다. 하나의 현전이 빛 속에 나타날 때 이것은 놀라운 기적이지요.

메가롱 밸리 숲속의 저 어린 나무와 스무 살의 나를 하나로 겹쳐봅니다. 아무 소속도 없이 음악감상실이나 떠돌던 문학청년에게 미래는 우호적이지 않았어요. 밥을 구하는 대신 문학에 꿈을 두

내 몸의 사랑을
탕진하고
지금 당신을 만나

고 빈둥거리면서 가족의 적폐가 되어 떠돌던 어느 날, '나는 빛나고 싶다!' 운운하는 유치한 문장 몇 개를 남기고 문턱이 닳도록 드나들던 음악감상실 출입을 끊었어요. 무위도식하며 보낸 몇 년간의 무명 시절에 진절머리를 치며 문학이 생계 수단이 될 수 없다는 결론을 내린 것이지요. 공사판이라도 나가야 하나, 혹은 구두수선공이라도 돼야 하나, 고민을 하다가 한 해만 더 해보고 문학에 대한 꿈을 접기로 했어요. 나는 시립도서관 창가 자리를 차지하고 니체와 하이데거와 사르트르의 책들을 꾸역꾸역 읽었어요. 푸른 노트에 시 몇 편을 끼적이고, 봉사가 문고리 잡듯이 평론 두 편을 써낸 것은 스물세 살 가을의 일이지요. 당신도 알다시피 그 스물세 살이 지나고 난 뒤 문학은 평생의 업이 되었습니다.

삶은 빛 안에서 이루어집니다. 빛은 사물을 비은폐적 영역으로 끌어내지요. 빛은 숨길 수가 없는 자명함 속에서 사물들을 발명합니다. 빛은 지각知覺의 제일의적 조건입니다. "지각 속에서 세계는 우리에게 주어진다."* 사실을 말하자면 빛이 먼저이고, 세계는 그 다음이지요. 빛 속에서 세계는 우리에게 주어집니다. 사물을 식별하고, 방향을 가늠할 수 있는 것은 빛이 있기에 가능한 일이지요. 세계 안에 존재한다는 것은 빛 안에 머문다는 뜻이지요. 반복되는 일상들,

* 에마뉘엘 레비나스, 앞의 책, 85쪽.

깨어 있는 동안의 노동과 업무, 타인과의 관계와 소통 들은 다 빛 속의 행위들이지요. 빛이 사라지면 주행성晝行性 동물들은 움직임을 멈추지요. 사람은 주행성 동물의 부류에 듭니다. 저 원시 인류는 밤이 오면 채집과 수렵 활동을, 그리고 투쟁과 경쟁을 멈추고 토굴로 들어가 잠을 청했을 테지요. 백여 년 전 에디슨이 백열전구를 발명한 이후에도 사위가 어둠에 감싸인 밤은 업무와 노동의 휴지休止와 함께 수면을 위한 시간으로 굳건했지요. 굳이 어둠 속에서 일하는 자는 수상한 모사를 꾸미는 도둑이거나 도굴꾼이겠지요. 제 양심에 거리낄 것 없이 떳떳한 자들은 어둠 속에서 일하지 않습니다. 밤을 낮 삼아 일하는 것의 정당성을 인정받는 존재는 중환자를 돌보는 간병인, 아기에게 젖을 물리는 산모, 밤하늘을 관찰하는 천문과학자, 그리고 수험생과 동화작가와 제빵사 들뿐인 겁니다.

아침에 당신의 얼굴은 맑습니다. 기적은 여기에서도 나타나지요! 지금 이 얼굴은 당신의 자아가 현전으로 나타나면서 활동하는 무대입니다. 당신의 숨은 자아가 출몰할 때 나는 놀랍니다! 당신은 얼굴이라는 무대 위에서 무수한 자아의 드라마를 연출합니다. 당신은 감정 연기를 하는 배우이자 연출가인 셈이지요. 당신의 얼굴은 빛 속에서 빚어지고 태어납니다. 저녁이 오자 누군가 아침의 빛을 지상에서 거둬가면서 낮의 드라마가 막을 내립니다. 어둠의 장막이 내려오면서 얼굴이라는 현전은 어둠 속으로 미끄러지고 달아나며 숨

내 몸의 사랑을
탕진하고
지금 당신을 만나

지요. 달아나고 숨음으로써 이 얼굴이라는 현전은 더는 당신의 것이 아니지요. 차라리 어둠이 얼굴을 삼킵니다. 빛의 명석함 속에서 당신의 기쁨이던 이 얼굴이란 누구도 소유할 수 없는 것, 자아로부터 끊임없이 미끄러져 사라지는 어떤 것이지요. 그것은 표면이자 심연인 것입니다.

두말할 것도 없이 사람은 주행성 동물이지요. '주晝'는 낮이고, '행行'은 주체의 지향성을 드러냅니다. 빛은 지향의 지향성을 개시開示합니다. 행은 가다, 나아가다, 걷다, 행하다, 일하다, 쓰다, 베풀다, 달아나다, 돌아다니다, 겪다, 흐르다, 보내다, 쓰이다 등등의 뜻을 두루 품습니다. '행'은 사람이 낮의 동물임을 뒷받침하는 강력한 증거지요. 해가 지면 낮에 활동하던 동물은 움직임을 멈춘 채 제 처소로 돌아가 잘 채비를 합니다. 낮의 동물들은 대개 밤에 깊은 수면에 빠지지요. 잠은 활동과 욕망의 멈춤이고, 우리가 겪는 작은 죽음이지요. 수면 중 꾸는 꿈들은 삶에서 이룰 수 없는 환몽들입니다.

자, 다시 어린 유칼립투스 나무로 돌아가보지요. 우주 이편에서 저편까지 채운 것은 암흑물질이거나 암흑 에너지입니다. 이 거대한 암흑에 견주자면 빛은 작은 파열이고 예외적 현상이지요. 저 어린 나무가 빛이 파열이고 예외적 현상임을 보여줍니다. 저 어린 나무는 숲의 어둠을 가르고 향일성의 존재로 내 눈길을 잡아끌었어요.

저것은 죽은 새가 아니에요. 저것은 하늘로 솟구쳐 비상하는 새. 내 눈길은 저 새를 향한 내 관심의 지향성과 궤적을 드러냅니다. 내 눈길이 가닿음으로써 저 어린 나무는 무와 익명성에서 존재자의 지평으로 솟구쳐 나왔어요. 저 어린 나무가 빛을 두르고 새로 비상함으로써 돌연한 기쁨이 된 것은 필연이지요. 저 나무는 존재에서 존재자로 이동합니다. 저 나무와 나는 존재의 지평에서 동등한 자격으로 만납니다. 이 마주침은 우주적인 일입니다. 빛이 저 어린 나무를 빚고, 그다음 내가 저 어린 나무에게 눈길을 줌으로써 존재자로 발명한 것이지요.

당신, 잘 있어요.

희망 따위는 개나 줘버려라

희망 따위는 버려야 마땅합니다.

지금도 책상 앞에 "인내는 쓰나 그 열매는 달다!"라는

문구를 써놓고 자신을 채찍질하며 사는 젊은이가 있다면,

나는 그의 노력과 인내를 충분히 존중하겠지만

그를 따르지는 않을 거예요.

가난한 자, 약한 자 들이 무모한 희망에 기대어

인생을 기망하는 모습은 안타까운 일이지요.

우리는 여전히 오클랜드에 있습니다. 새벽에 커튼을 열어젖힌 채 하늘이 어두컴컴한 걸 보고 오늘 날씨가 흐리겠구나, 짐작했어요. 그동안 날씨가 화창했는데 오늘은 종일 흐리고 빗방울이 후드득거렸어요. 오전 열 시에 오클랜드에 이민 와 사시는 이한옥 선생이 차를 갖고 호텔로 왔어요. 열한 시에 브런치를 먹고 오후에는 오클랜드 박물관을 둘러보기로 했거든요. 우리는 먼저 푸푸케 호수로 갔어요. 눈앞에 끝 간 데 없이 펼쳐진 호수를 바라보면서 여기가 바다인지 호수인지 구별할 수가 없었어요. 이 호수는 몇백 년 전 화산 폭발 때 생긴 커다란 분화구에 물이 고여 생긴 것이지요. 푸푸케 호수의 수심 삼백 미터 아래 바닥에서 끊임없이 솟는 물은 수질이 뛰어나 오클랜드 시민들이 오랫동안 식수로 썼다고 합니다.

푸푸케 호수의 물은 푸른 심연같이 맑아서 햇빛이 비치면 신비한 녹색으로 변한다고 해요. 회색 구름이 낮게 내려와 있는 하늘 아래 호숫가 버드나무와 물 위에 떠 있는 흑조들 모습이 고즈넉하고 평화롭네요. 낮게 구름 깔린 하늘 아래 호수 건너편 고요와 질서로 짜인 풍경은 비현실적으로 아름다웠어요. 저 풍경들이 영혼 안으로 들어와 가득 찰 때 나는 지독하게 슬퍼지고 말았어요. 이 순간 갑작스런 슬픔과 절망감은 어디에서 비롯된 걸까요? 나는 이 멋진 순간 저 멀리 있는 당신을 떠올렸어요. 저 풍경들이 내가 가질 수 없는 것, 내게는 영원히 불가능한 현실로 의연했으므로 나는 절망하고 슬퍼할 수밖에 없습니다.

　　푸푸케 호수를 등지고 돌아서서 이동하니 바로 타카푸나 해변이 나왔어요. 해변에는 산책 나온 사람들이 여럿 눈에 띄었는데, 인상적인 것은 바다 한가운데로 거침없이 뛰어드는 개였어요. 주인이 바다 한가운데로 던진 공을 물어오기 위해 개는 바닷물이 차가울 텐데 거침없이 일직선으로 뛰어드네요. 우리는 해안을 따라 걸어 브런치 레스토랑으로 갔습니다. 식탁 위에 빅 브렉퍼스트와 롱 블랙 커피를 받아놓고, 미국을 거쳐 뉴질랜드로 이민 오기까지 이한옥 선생의 파란 많고 곡절 많은 살아온 얘기를 들었어요. 테이블 위로 참새들이 날아와 빵 부스러기 따위를 쪼아 먹는 게 이색적이었어요. 내가 빵가루를 떼어 바닥에 흘렸더니 참새 몇 마리가 가까이 날아와 쪼아 먹었어요. 날이 흐린 탓에 약간 쌀쌀했지만 오클랜드의 한적한 레스토랑에서 브런치를 먹는 게 좋았어요.

　　뉴질랜드에 와서 만난 여러 사람에게서 자유와 복지에 대한 얘기를 참 많이 들었어요. 우리는 오클랜드에서 변호사나 회계사 같은 전문 직종에 있는 사람들을 여럿 만났는데, 그들은 육아 수당, 대학생 수당, 실업자 수당, 노령자 연금 들을 언급하면서 뉴질랜드의 앞선 복지제도에 대해서 설명해줬어요. 이 나라 복지제도는 모든 이들이 사람다운 삶을 살 수 있게 만드는 기반이고, 정부와 정치는 그것을 위해 존재해야만 정당성을 얻을 수 있다는 사실을 깨닫게 합니다. 청년 실업과 아무 준비 없이 노령을 맞아 최저 수준의 생계조차 꾸리지 못하는 위기에 빠진 이들이 지천인 저 북반구의 지옥 같은 나라에서 온 여행자에게는 꿈같은 현실의 이야기지요. 이 선생은 예순여섯 살(1952년생)인데, 은퇴 후 연금으로 생활하면서 늦은 나이에 그간 겪은 인생 역정을 토대로 소설을 엮어 쓴다고 했어요. 그는 럭키금성에서 직장 생활을 하다가 나와 미국과 중남미 국가들과 한국을 잇는 삼각 무역을 하면서 돈을 꽤 벌었다고 합니다. 평생 비즈니스를 하며 살다가 뒤늦게 소설을 읽고 쓰는 일에 재미를 붙여 삼 년째 혼자 습작 중이라는 얘기를 경청하면서 그를 이해할 수 있을 듯했어요. 무엇보다도 쓴다는 행위는 망각에 대한 저항이고, 무와 소멸로 돌려버리는 시간에 대한 초극의 의지겠지요. 자기 삶의 수고와 사건 들이 망각으로, 무로 사라지기 전 기록으로 남기고 싶은 욕구를 모를 수는 없는 노릇이지요. 자기가 겪은 삶의 우여곡절이 우스꽝스러운 광대놀음이라고 느낄수록 이 욕구는 거세집니다.

백수로 허덕이며 보낸 스무 살 시절, 불안이 수시로 찌르고 미래는 어두웠던 그 시절, 나는 한 점의 희망이라도 품었을까요? 내가 갈망한 것은 자유였어요. 무엇인가를 할 수 있는 자유, 혹은 무엇인가를 하지 않을 수 있는 자유, 그러나 자유는 가망 없는 꿈이었어요. 나는 여름철 동복을 껴입고 땀을 흘리며 시립도서관에 처박혀

내 몸의 사랑을
탕진하고
지금 당신을 만나

책이나 꾸역꾸역 읽으며 꿈이니 희망 따위를 버리는 연습에나 열중했어요. "희망은 그 희망하는 바가 더 이상 허락되지 않을 때에만 희망이다."* 희망은 그 희망의 내역이 더 이상 불가능해질 때 주어지는 절망의 다른 이름인 것을, 닫힌 문을 두드리는 자에게 문은 열리지 않는다는 사실을, 나는 일찍이 깨달았어요. 그래서 나는 '개뼈다귀 같은 희망 따위는 개나 줘버려라!'라고 외쳤지요.

참 한심했었지, 그땐 아무것도
이룬 것이 없고
하는 일마다 실패 투성이였지
몸은 비쩍 마르고
누구 한 사람 나를 거들떠보지 않았지
내 생은 불만으로 부풀어 오르고
조급함으로 헐떡이며 견뎌야만 하던 하루하루는
힘겨웠지, 그때
구멍가게 점원 자리 하나 맡지 못했으니

불안은 나를 수시로 찌르고
미래는 어둡기만 했지

* 에마뉘엘 레비나스, 앞의 책, 151쪽.

그랬으니 내가 어떻게 알 수

있었을까, 내가

바다 속을 달리는 등 푸른 고등어처럼

생의 가장 아름다운 시기를 통과하고 있다는 사실을

그랬으니, 산책의 기쁨도 알지 못하고

밤하늘의 별을 헤아릴 줄도 모르고

사랑하는 이에게 사랑한다는 따뜻한 말을 건넬 줄도 몰랐지

인생의 가장 아름다운 시기는 무지로 흘려보내고

그 뒤의 인생에 대해서는

퉁퉁 부어 화만 냈지

— 졸시, 〈내 스무 살 때〉, 《다시 첫사랑의 시절로 돌아갈 수 있다면》(1998)

희망 따위는 버려야 마땅합니다. 〈내 스무 살 때〉 같은
시는 두 번 다시 쓰고 싶지 않겠지요. 지금도 책상 앞에 "인내는 쓰나
그 열매는 달다!"라는 문구를 써놓고 자신을 채찍질하며 사는 젊은이
가 있다면, 나는 그의 노력과 인내를 충분히 존중하겠지만 그를 따르
지는 않을 거예요. 가난한 자, 약한 자 들이 무모한 희망에 기대어 인
생을 기망欺罔하는 모습은 안타까운 일이지요. 희망은 아무것도 할 수
없다는 그 불가능성 속에서 우리를 현실에 주저앉히려는 누군가의 속

내 몫의 사랑을
탕진하고
지금 당신을 만나

무리 중에서 가장 나약한 자들이 희망에 기대는 법이지요. 결국 희망을 버려야만, 희망의 절실함에서 벗어나야만, 절망을 절망으로 견디는 자만이 자유로 나아갈 수 있어요.

임수에 지나지 않아요. 희망과 정의를 외치는 사람들에게 속지 마세요. 체제와 기득권자들이 내놓는 희망이란 살충제에 마취당하지 마세요. 희망은 희망 바깥에서만, 고난의 애매함에 빠진 '나' 이외의 다른 곳에서 일어나는 사건인 한에서, 그것은 현재 속에서 현재와 맞서며 넘어서려는 '나'를 또렷하게 보여줘요. 분명한 것은 희망에 기대서는 아무것도 이룰 수가 없다는 사실이지요. 무리 중에서 가장 나약한 자들이 희망에 기대는 법이지요. 결국 희망을 버려야만, 희망의 절실함에서 벗어나야만, 절망을 절망으로 견디는 자만이 자유로 나아갈 수 있어요. 나의 고난, 나의 절망, 나의 현전이야말로 희망 없는 현실을 넘어 저 멀리 달아날 수 있는 도약의 받침대인 거예요. 절망을 뿌리치지 말고 그것을 타고 넘어가세요!

　　우리는 멀리 있습니다.
　　당신에게 위로와 도움이 되지 못해 미안합니다.
　　당신, 부디 잘 있어요.

내 몸의 사랑을
탕진하고
지금 당신을 만나

사	랑	한	다	고					
말	하	세	요						

지금 사랑한다면 사랑한다고 말하세요.

당신이 언제 어디에 있든 사랑한다고 말하면 외롭지 않을 거에요.

사랑은 '사랑한다'는 말 속에서 번성합니다.

사랑하는 누군가가 당신에게 '사랑한다'는 말을 더는 하지 않는다면

그 사랑은 이미 식은 건지도 모릅니다.

당신이 외로운 건 사랑하지 않기 때문이지요.

우리는 남반구의 도시 오클랜드에 와 있습니다. 저곳은 여름이고 이곳은 겨울입니다. 우리는 이 작고 아름답고 소박한 오클랜드의 거리를 걷고, 때때로 사람들을 만나고, 끼니때는 식당을 찾아가 밥을 먹고, 도서관과 미술관과 박물관을 찾아가지요. 다들 만년설과 화산이 있는 뉴질랜드의 남섬이 아름답다고 하지만 우리는 그곳에 가지 못하지요. 이번 여행 일정이 너무나 짧고 빡빡한 탓에 오클랜드를 벗어나 멀리까지 갈 수가 없어요.

지금 우리는 한국의 파주를 떠나 먼 곳을 여행 중이지요. 우리는 이곳에 있고 저곳에 있지 않아요. 알다시피 여행은 저곳을 떠나 이곳에 도착하는 것이고, 여행자는 이 떠남에 제 존재를 의탁합니다. 떠난 자는 필경 돌아가는 자입니다. 떠난 자들은 집과 고향을 떠나 있는 동안에도 손톱과 발톱이 자라고, 머리카락과 수염도 자라서 텁수룩해지기 일쑤지요. 어쩐 일인지 여행 중에 이것들은 더 힘을 내는 것 같아요. 물론 심장이나 폐, 신장과 췌장도 보이지는 않지만 우리가 살아 있도록 애쓰는 것은 분명해요. 심장이 피를 펌프질하지 않고, 폐가 계속 산소를 공급하는 수고를 하지 않는다면 산다는 일은 불가능하겠지요.

산다는 것은 지금 이 순간 살아 있음의 생생함을 집약하는 것입니다. 우리는 활동하는 무無, 그 무에 깃들어 생동하는 기운

내 몸의 사랑을
탕진하고
지금 당신을 만나

그 자체이지요. "지금 멀리서 개가 짖는다는 것 / 지금 지구가 돌고 있다는 것 / 지금 어디선가 갓난아이의 첫 울음소리가 들린다는 것 / 지금 어디선가 병사가 다친다는 것 / 지금 그네가 흔들리고 있다는 것 / 지금 이 순간이 지나가고 있다는 것"*. '나'를 이루는 것은 존재자의 느낌 속에 깃드는 손톱이 자라고 심장이 뛰는 지금, 어디선가 개가 짖고 어디선가 갓난아이의 첫 울음소리를 듣는 바로 현재라는 의식이겠지요. 내가 그 누구도 아닌, 아침마다 사과 한 알씩을 먹는 바로 '나'라는 것, 이것은 현재의 의식에서 주어지지요. 현재와 의식은 '나'라는 존재를 지탱하는 두 기둥입니다.

　　　　여기 한 남자가 있습니다. 레이먼드 칭Raymond Ching이라는 화가의 '보타니만Botany Bay'이라는 그림 속 남자지요. 나는 그가 부두 노동자인지, 레스토랑 주방에서 일하는 요리사인지, 제 조국을 떠난 정치 망명자인지, 또 그에게 아내나 자식이 있는지, 집을 사기 위해 은행 융자를 얻었는지, 아무것도 알지 못해요. 그는 먼 곳을 떠나와 낯선 고장을 떠돌고 있는지도 모릅니다. 내가 아는 것은 수염과 머리가 길게 자란 이 남자가 팔짱을 끼고 무언가를 응시하고 있다는 사실뿐이지요. 이 건장한 사내는 무엇을 이토록 바라보고 있는 걸까요? 그는 형태와 윤곽을 가진 존재, 누군가를 사랑하고 누군가에게서

* 다니카와 슌타로, 요시카와 나기 옮김, 《사과에 대한 고집》, 비채, 2015, 27쪽.

Botany Bay, 1976, Gouache, 26×21cm
© Raymond Ching

사랑받는 존재겠지요. 더 중요한 것은 그가 지금 여기에 있다는 점이지요.

　　　우리는 늘 먼 곳을 돌아 아침 햇살이 빛나는 '현재'에 도착합니다. 먼 곳은 과거의 낮과 밤이고, 우리가 거쳐 온 존재함의 지난함이지요. '현재'는 지금 이 자리, '나'를 품어주는 시간의 요람인 것이지요. '나'를 끌고 온 과거의 시간들은 '현재'에 와서 무너집니다. 어쩌면 '현재'는 시간의 한가운데가 아니라 그 바깥인지도 몰라요. 우리는 현재라는 시간의 바깥에서 밥을 먹고, 일을 하며, 사랑하는 누군가를 기다리고, 누군가의 사랑과 상냥함을 애타게 구하는 것이지요. 삶은 그것들 '속'에 있고, 시간은 그 바깥으로 미끄러집니다.

　　　우리는 살며 사랑하다가 죽겠지요. 태어난다는 건 결국 죽는다는 것이니까요. 죽음이 없으면 삶도 없지요. 죽음은 삶의 가장자리에 둘러진 빛. 죽음이 있기에 삶에 광휘가 있는 것이지요. 죽음이 없다면 삶도 빛나지 않겠지요. 삶이 최후에 찾아낸 놀라운 발명품이 바로 죽음이지요. 삶이 이토록 가엾고 애련한 것도 죽음 때문이고, 삶이 이토록 짧고 슬프고 비루한 것도 죽음 때문이지요. 우리가 삶에서 애써 기쁨과 행복을 찾으려는 것도 죽음이 마침내 이 삶의 찬란한 빛을 꺼뜨리고 말 것이기 때문인 거지요.

지금 사랑한다면 사랑한다고 말하세요. 당신이 언제 어디에 있든 사랑한다고 말하면 외롭지 않을 거예요. 사랑은 '사랑한다'는 말 속에서 번성합니다. 사랑하는 누군가가 당신에게 '사랑한다'는 말을 더는 하지 않는다면 그 사랑은 이미 식은 건지도 모릅니다. 당신이 외로운 건 사랑하지 않기 때문이지요. 누군가를 사랑하고, 자주 '사랑한다'고 말하세요. 지금 당신이 고독하더라도 당신이 혼자가 아니라는 걸 알게 될 테니까요. 우리는 저마다 자신의 고독을 감당하는 존재들이지요. "고독은 하늘과 땅의 공空이며, 고독 안에서 흔들리고 살아 숨 쉬는 사람의 공이다."* 우리는 공의 존재들인 것입니다. 일찍이 훌륭한 선사禪師는, 참된 비어 있음은 형태를 가진 것과 다르지 않다고 했어요. 우리는 공의 존재로 서로를 연민하면서 사랑을 나눕니다. 당신의 오른쪽은 내 왼쪽이지요. 오클랜드 거리를 나란히 걸어갈 때 당신은 늘 내 심장이 뛰는 왼쪽에서 걸으니까요. 한 침대에서 잘 때도 당신은 늘 내 왼쪽에서 잠이 듭니다. 지금 우리는 사랑을 하고 있는 것이지요.

우리는 날마다 손톱이 자라고 머리카락이 자라는
'현재'에 머물고 있습니다.
당신, 어디에 있든지 잘 있어요.

* 에드몽 자베스, 앞의 책, 45쪽.

내 몸의 사랑을
탕진하고
지금 당신을 만나

내 스무 살의 바다

물은 겸손하고 순리를 따르지요.

물은 항상 낮은 곳으로 흐를 뿐만 아니라

제 앞을 가로막는 게 있으면 에돌고 감돌아 나가지요.

물은 가만히 두면 스스로 정화하고 수평을 이룹니다.

또한 물은 따로 거처를 마련하는 법이 없어요.

그런 뜻에서 물은 방랑자지요.

우리는 여전히 오클랜드에 머물고 있습니다. 오클랜드가 바다와 접한 도시이고 자연호수가 많은 탓에 '물의 도시'라는 인상이네요. 도심에서 몇 걸음만 벗어나도 바다가 나오니까요. 바다는 햇빛을 받아 거대한 은반인 듯 아름답게 빛났어요. 특이한 점은, 오클랜드 바다는 갯내음이 나지 않는다는 것인데요, 바닷물의 염도가 낮기 때문이라고 하네요. 오클랜드의 바다는 무리와이 비치를 빼고는 잔잔했어요. 먼바다에서 오는 높은 파도와 풍랑을 화산 분출로 생긴 앞바다의 섬들이 방파제처럼 막아주기 때문이겠죠. 그 바닷가에 수백 척의 요트가 정박해 있는 광경은 실로 장관이지요. 오클랜드 시민은 다 요트를 갖고 있는 게 아닌가 상상할 정도예요. 요트 가격이 수천만 원에서 수억 원대에 이르고, 게다가 접안시설에 정박하고 보관하는 비용도 엄청나다고 해요.

어려서부터 물을 좋아했어요. 바람이 밀고 가는 방죽의 물너울을 바라보면 공연히 가슴이 뛰었으니까요. 물가에 자주 나가 물을 바라보는 어린애를 집안 어른들은 청승맞다고 나무랐지만, 마냥 물이 좋았어요. 물에 무슨 인력引力이 있었던가요? 왜 그토록 물에 끌렸는지 알 수 없어요. 어른이 되면 바다나 강이 보이는 곳에 집을 짓고 살겠다고 마음먹었지요. 고대 동양 철학자들은 다들 물을 좋아했어요. 공자는 강가에서 "물이여, 물이여! 모든 흘러감이 저와 같구나! 밤낮없이 결코 그 흐름을 그치지 않는구나!"라고 감탄했어요.

내 몸의 사랑을
탕진하고
지금 당신을 만나

공자는 왜 흐르는 물에 감탄했을까요? 그 물음에 맹자는 이렇게 대답하지요. "원천으로부터 흐르는 물은 앞으로 솟아올라 밤낮으로 끊임없이 흐른다. 그 흐름은 빈 곳을 채우고, 다 채운 다음에 앞으로 나아가 바다로 흘러들어간다. 근원이 있는 것은 모두 이와 같으니, 공자가 취한 원리도 마찬가지다." 공자는 물의 변함없음, 그 항상성, 무위無爲에 감동을 받은 것이지요. 노자 역시 여러 번에 걸쳐 물의 덕성을 찬미했지요. "최고의 선은 물과 같다. 물의 선함은 만물을 이롭게 하지만 다투지 않고, 만인이 싫어하는 곳에 거처하는 것이다. 그래서 물은 도와 가깝다." 노자의 '상선약수上善若水'라는 말은 널리 알려져 있지요. 물은 약하지만 강한 것을 이기고, 부드럽지만 단단한 것을 이기지요. 노자는 그것에서 지극함을 보았지요. 물은 들을 풍요롭게 하고, 초목의 뿌리를 적시며, 말없이 흐르고 순환하지요. 물은 많은 일을 하지만 그 공을 내세우는 법이 없어요. 인류는 물가에 집을 지어 마을을 이루고 살았어요. 그 때문에 인류 문명은 물가에서 번성했지요.

폴 발레리는 〈해변의 묘지〉에서 "견실한 보고, 미네르바의 간소한 사원, / 정적의 더미, 눈에 보이는 저장고, / 솟구치는 물, 불꽃의 베일 아래 / 수많은 잠을 네 속에 간직한 눈, / 오 나의 침묵이여! ……영혼 속의 신전, / 허나 수천의 기와 물결치는 황금 꼭대기, 지붕!"이라고 바다를 노래했지요. 오클랜드에서 문득 내 스무 살의 바다를 만났어요. 나를 설레게 하던 바다, 무수한 비밀을 품고 불꽃으로 타오르는 바다, 자기를 낮추는 겸손한 바다, 언제나 다시 시작하는 바다, 끊임없이 변화하지만 끝내 변화하지 않는 바다, 한 송이 꽃으로 피어나는 바다, 젊은 날 등 돌리고 울었던 바다, 영원한 바다, 찰나의 바다, 누군가는 죽고 싶은 바다, 누군가는 살고 싶은 바다. 저 바깥에 있는 바다가 아니라 내 안에 들어와서 출렁이는 바다여! 오클랜드에 머무는 동안 자주 바다에 나가 먼 곳을 바라보았어요. 이 바다는 잔잔해서 바라보고 있으면 영혼이 고요해지거든요. 오클랜드의 인상이 좋았던 것은 아마 이 바다의 풍경이 제 심미적 이성을 자극한 바가 있기 때문이겠죠. 인류는 오랜 세월 동안 물에 기대어 살고, 바다는 오랫동안 인류 생존의 터전이었지요.

여전히 나보다 더 낮은 곳에 물이 있다. 나는 시선을 떨군 채 물을 바라본다. 땅바닥처럼, 땅바닥의 일부인 것처럼, 땅바닥의 변화처럼.

물은 희면서도 빛나고, 일정한 모양이 없으면서도 신선하고, 수동적이면서도 유일한 악덕, 즉 무게감을 고집한다. 이런 악덕을 충족시키기 위하여 예외적인 방법, 즉 돌아가고, 스며들고, 침식하고, 여과하는 방식을 이용하면서.

이런 악덕은 물 자체 속에서 작용한다. 물은 끊임없이 흩어지고, 줄곧 모든 형태를 파괴하고, 겸손하게 행동하는 경향이 있을 뿐이고, 어떤 규율을 따르는 수도승처럼, 마치 시체처럼 땅바닥에

내 몸의 사랑을
탕진하고
지금 당신을 만나

넙죽 엎드린다. 항상 더 낮게. 이것이 물의 좌우명인 것처럼 보인
다. 그것은 한층 더 높이와는 완전히 반대이다.

— 프랑시스 퐁주, 〈물〉

　　　　프랑스 시인 프랑시스 퐁주는 물이 항상 낮은 곳을 향
하여 흐른다는 것에 주목하지요. 물이 "마치 시체처럼 땅바닥에 넙죽
엎드린다"라고 썼지요. 물의 특성으로 "끊임없이 흩어지고, 줄곧 모든
형태를 파괴하고, 겸손하게 행동하는 경향"을 지적하기도 했지요. 물
은 겸손하고 순리를 따르지요. 물은 항상 낮은 곳으로 흐를 뿐만 아니
라 제 앞을 가로막는 게 있으면 에돌고 감돌아 나가지요. 물은 가만히
두면 스스로 정화하고 수평을 이룹니다. 또한 물은 따로 거처를 마련
하는 법이 없어요. 그곳이 어디든지 머무는 곳이 거처인 셈이지요. 그
런 뜻에서 물은 방랑자지요.

　　　　간혹 사람이 물의 존재라고 느껴져요. 사람은 저마다
안에 출렁이는 작은 바다를 품고 살지요. 물은 생명의 정수, 생명의
근원이겠지요. 지구에 물이 없었다면 어떤 생명체도 살 수 없었겠지
요. 간혹 텔레비전 다큐멘터리에서, 아프리카 초원의 동물들이 떼를
지어 물을 찾아 이동하는 광경은 가슴이 뭉클해지는 바가 있어요. 그
것은 모든 동물이 물에 기대어 생명을 이어가고 있다는 실감에서 오

는 감동이겠지요. 옛 인류는 물의 정화력과 생명력을 높이 우러르고, 신앙의 대상으로 삼기도 했지요. 신화에서 물은 죽음과 재생을 뜻했어요. 우리가 오클랜드를 떠나야 하는 날이 다가옵니다. 물의 도시 오클랜드에 와서 만난 내 스무 살의 바다와도 이별해야겠지요.

잘 있어요, 당신.

내가 먹는 것이 곧 나를 만든다

무엇을 먹는가만큼 중요한 게 누구와 먹느냐는 문제겠지요.

우리는 친한 사람이나 친해지고 싶은 사람과 먹습니다.

음식을 나누는 동안 그 사람의 취향과 인격,

교양의 정도에 대해 더 많이 알 수가 있어요.

사람은 자기가 먹는 음식으로 자기가 어떤 사람인가를

드러내게 되는 것이지요.

우리는 남반구의 도시 오클랜드에 와 있습니다. 또 새 날이 밝았어요. 낮은 당신의 밤이 꾸는 백일몽이죠. 아아, 우리는 낮과 밤 사이에서 서성거리는 존재인 것을. 낯선 언어를 쓰는 사람들 사이에 있다는 것은 어쩐지 침묵의 완충지대에 머문다는 느낌이죠. 우리가 잘 아는 언어를 쓰는 사람들 대다수는 밤마다 북두칠성 별자리가 뜨는 저 먼 북반구에 있습니다. 어제 저녁에는 호텔을 나와 근처 중국인 식당에서 음식 세 가지를 시켰어요. 계란탕 같은 수프에 파릇한 채소가 들었는데, 그 채소 이파리의 강한 향 때문에 못 먹고 나왔어요.

인간이란 무엇일까요? 무엇보다도 인간은 '먹는 존재'이죠. 인간은 식물같이 광합성을 해서 필요한 자양분을 만들어내지 못하니까, 외부에서 영양분을 가져오지 못하면 생명을 유지할 수 없어요. 먹는 것은 아무도 부정할 수 없는 본능적 욕구의 한 부분이죠. 먹는 행위는 미각, 후각, 청각 따위의 감각기관들이 관여해서 기쁨의 교향악을 지어내는 것이죠. 아주 소수의 사람을 빼고는 대체로 먹는 행위를 즐거워하지요. 먹는 것은 육체적인 것이자 심리적이고 사회적인 문제이기도 해요. 무엇보다도 먹는 것은 인간 실존을 이루는 중요한 부분이죠. 강렬한 식욕은 생에 대한 강한 의지에 비례합니다. 만일 갓 구운 빵이나 신선한 굴, 혹은 육즙이 번들번들한 두꺼운 스테이크를 보고도 식욕을 못 느끼고, 먹는 것 자체에 흥미를 잃었다면, 그는

내 몸의 사랑을
탕진하고
지금 당신을 만나

인생에서 뭔가 문제가 생겼다고 봐야 하겠지요.

　　우리는 날마다 무엇을 먹을까 고민합니다. 제각각 식성대로 밥, 죽, 빵, 감자, 소시지, 스시, 샤부샤부, 해산물 요리, 두부탕수, 비프스튜, 코코뱅, 동파육, 삼겹살, 간장게장, 찜닭, 삶은 계란, 토스트, 스테이크, 파스타, 치즈, 아이스크림, 커피, 햄버거, 초콜릿, 케이크, 피자, 사과파이, 브로콜리, 올리브 열매, 홍합, 관자, 복숭아, 바나나, 자두, 딸기 따위를 먹습니다. 한국 사람이라면 비빔밥, 삼계탕, 김밥, 라면, 국밥, 김치, 된장, 고추장, 잡채, 약식, 전, 떡, 선식 따위를 먹겠지요. 우리는 혀의 미각을 만족시키는 음식물을 씹고 삼키며 취하는데, 음식물이 입안에서 아삭거리거나 씹히는 소리에 기분이 좋아지고, 먹는 행위에서 관능적 즐거움을 찾기도 하죠.

　　인류는 불을 다루고 화식火食을 하며 진화의 새로운 장을 열었어요. 그런 까닭에 인류는 불로 요리하는 유인원이고, 불의 피조물이라고 할 수 있겠죠. 많은 진화생물학자가 인류의 화식이 우리 인간이 독보적으로 대뇌를 키우는 기반이 되었다는 사실에 동의하죠. 한마디로 요리는 불꽃의 창조물이고, 인류는 그가 먹은 것들의 창조물이라고 할 수 있겠죠. 알다시피 인간은 가리지 않고 다 먹는 잡식성 동물이죠. 땅 위에 있건, 땅 속에 있건, 기어 다니는 것은 다 먹지요. 입에 넣은 것을 씹고 식도로 넘겨 위와 장에서 소화를 시키는데, 그 과정에서 자양분을 취하고 나머지는 몸 밖으로 배설합니다. 소화와 배설은 먹는 것만큼이나 중요하죠. 인간은 음식을 소화시키고 배설하는 과정을 통해 신진대사를 하며 활동하는 데 필요한 열량을 얻습니다.

　　무엇을 먹는가만큼 중요한 게 누구와 먹느냐는 문제겠지요. 우리는 친한 사람이나 친해지고 싶은 사람과 먹습니다. 음식을 나누는 동안 그 사람의 취향과 인격, 교양의 정도에 대해 더 많이 알 수가 있어요. 사람은 자기가 먹는 음식으로 자기가 어떤 사람인가를 드러내게 되는 것이지요. 먹는 것에는 예법이 있고, 그래서 18세기 프랑스의 미식가로 유명한 브리야 사바랭은《미식 예찬》에서 "짐승은 먹이를 먹고, 인간은 음식을 먹는다. 교양 있는 사람만이 비로소 먹는 법을 안다"라고 했지요. 한 식탁에서 음식을 먹는다는 것에는 특별한 의미가 있지요. 음식을 매개로 관계를 더 돈독하게 만들 수도 있고요. 음식을 나눠 먹는 것은 공동체의 유대감을 두텁게 하는 관례적 방식이기도 하지요. 음식을 어떻게 먹느냐에 따라서 독특한 문화가 만들어집니다. 식食과 생生은 하나입니다. 먹는 행위는 우리가 생각하는 것보다 훨씬 더 많은 사회적·문화적·경제적·종교적 의미를 함축하고 있지요.

　　우리 삶은 육체적 장場 안에 포획되어 있습니다. 산다는 것은 그 내부에서의 일에 지나지 않아요. 지금 이 순간 나는 짐승같이 이 세계와 마주 보고 서 있어요. 하늘에는 별이 떠 있고, 대지에는 나무들이 서 있습니다. 땅에는 인간과 동물이 있습니다. 이 세계란 무엇일까요? 그것은 먼저 눈에 보이는 것이지요. 세계는 봄과 바라보임 사이에 우뚝 서 있어요. 철학자들은 더러 이 세계를 책으로 은유하기도 해요. 책은 모호하다는 측면에서 무질서, 카오스, 소요騷擾지요. 많은 쪽이 닫혀 있기 때문에 그 안의 내용을 알 수가 없어요.

감정과 식욕은 상관관계가 있어요. 연인과 헤어져 슬픈 감정과 씨름하는 중이라면 식욕이 줄겠지요. 메마른 감정이 육체적 욕구를 억제하는 탓이겠지요. 반면, 인생의 모든 면에서 성공 가도를 달리는 사람은 식욕도 왕성하겠지요. 그는 두꺼운 스테이크를 삼키고, 버터 바른 빵을 먹고, 뜨거운 홍차까지 거뜬하게 들이켜겠지요. 오클랜드에 와서 문학 강연을 하고, 여러 번 식사 초대를 받았습니다. 처음 만난 사이였지만 환대를 해주었지요. 멋진 레스토랑에 초대되어 굴과 생선 요리를 먹고, 한국 식당에서 소갈비를 숯불 화로에 구워 먹었어요. 때로는 누군가 가져온 피노 누아라는 포도주를 곁들여 마셨어요. 한자리에서 환담을 나누며 음식을 함께 먹는 일이 친교의 의식이라는 사실을 실감했지요. 함께했던 이들의 즐거운 표정과 말들이 제 뇌리에 각인되어 불쑥불쑥 떠오르거든요. 그 좋은 기억이 세월 지나면 달콤한 추억으로 바뀌겠죠. 오클랜드에서 지내는 동안 날씨는 내내 쾌청하고, 만난 사람들은 다 좋고, 우리가 먹은 음식은 미각을 황홀하게 했어요. 저는 잘 먹고, 잘 소화시켰고, 늘 숙면을 취했어요. 인생이 날마다 이렇게 오감을 만족시키고, 좋은 사람만 만나며 살 수 있다면 얼마나 좋을까요.

잘 있어요, 당신.

내 몸의 사랑을
탕진하고
지금 당신을 만나

오 래 된
연 애

당신과 이별을 맞은 것은

여름의 끝과 가을의 시작이 맞물린 그맘때였지요.

당신이 떠나간 뒤 개수대 아래로 물이 조용히 흘러들어가는 걸

바라보면서 나는 연애의 종말을 묵묵히 받아들였어요.

연애는 죽음이 태어나는 자리이기도 하니,

그럴 수밖에 없었다고 가만히 속삭였어요.

우리는 여전히 오클랜드에 있습니다. 남반구는 지금 겨울입니다. 오클랜드의 겨울은 우기여서 비가 잦은데, 요 며칠은 정말 화창했어요. 어제는 일요일이고, 우리는 송지복 군의 안내로 오클랜드 외곽의 경마장에서 열린 플리마켓을 다녀왔어요. 송지복 군의 전언에 따르면, 일요일마다 이곳에 큰 플리마켓이 선다고 합니다. 우리는 지난여름 저 북구의 도시 헬싱키 광장에서 열리던 벼룩시장을 떠올렸어요. 헬싱키에서 보낸 열흘 동안은 아직 추억이라고까지는 할 수 없을 거예요. 추억은 기억과 망각이 뒤섞인 채 발효되는 것이지요. 헬싱키의 기억들은 아직은 생생해서 망각을 품지 않아요. 망각이란 무엇인가요? 한 시인에 따르면 그것은 "모든 추억에서, 기억을 괴롭히는 사산된 추억"*이지요. 헬싱키의 벼룩시장은 추억이 아니라 기억에 더 가까운 무엇이지요. 우리는 헬싱키를 상상하며 오클랜드의 플리마켓을 갔는데, 결론을 말하자면 크게 실망하고 돌아왔어요.

오클랜드의 플리마켓에는 백인보다는 가난한 아시아계인 인도인, 파키스탄인, 중국인, 일본인, 한국인, 베트남인 들과 마오리 원주민들이 북적였어요. 뉴질랜드의 '키위(백인)'를 대신한 노동 자원으로 아시아계 이민자들이 수혈된 지는 꽤 오래되었지요. 이민자들이란 내부(키위)에 포섭될 수 없는 외부자, 내부의 구심력이 작동하

* 에드몽 자베스, 앞의 책, 2017, 24쪽.

지 않는 곳에서만 바글거리는 주변인이겠지요. 아시아계 이민자들이 좌판을 벌이는 벼룩시장은 최저주의 생존을 위한 슬픈 열대겠지요. 벼룩시장에 나온 물건들이 조잡한 탓인지 사람들은 그저 눈으로만 훑고 지나가더군요. 고물들을 선뜻 사려는 구매자는 없어요. 인파로 북적이는 곳은 천막 아래 야채와 과일 들을 쌓아놓고 파는 청과시장이었어요. 과일과 야채를 사는 주요 고객은 가난한 아시아계 이민자들이지요. 우리는 과일 파는 곳에서 큰 사과 세 알을 사고, 송지복 군은 기침하는 반려견을 위해 배 몇 알과 고수를 샀어요. 우리는 중국 음식점에서 고수가 들어간 수프를 시켰다가 향이 강해서 곤혹스러운 경험을 치른 바 있는데, 송지복 군은 고수를 좋아하는 고수高手입니다. 우리는 '그걸 어떻게 먹지?' 하고 고개를 갸우뚱거렸지만 말입니다.

여행은 끝나갑니다. 여행의 끝은 아득해서 아무리 손을 내밀어 더듬어도 아무것도 만져지는 게 없습니다. 부재의 막막함이야말로 여행이 품은 무정함인 것. 우리는 곧 여행가방을 꾸려 오클랜드에서 시드니로 돌아갔다가, 거기서 다시 인천공항행 비행기를 타겠지요. 여행이 덧없이 끝나면서 여행의 상상, 숙고, 몽상 들이 불러일으킨 불꽃도 꺼지겠지요. 우리는 일상의 반복적 습관과 노동의 굴욕 속으로 돌아갑니다. 일상이 품은 것은 어쩌면 아주 사소한 비밀과 소름 끼치도록 아름다운 죽음일지도 모릅니다. 한반도는 아열대성 기후로 변해버려서 폭염은 예삿일이 되어버렸어요. 태양이 쏟아내는 땡

볕이 정말 뜨거워서 살갗에 촛농이 떨어진 듯 놀라겠지요. 우리는 다시 한여름의 폭염과 몸에 기분 나쁘게 달라붙는 습기와 마주치겠지요. 도심의 가로수들에 달라붙은 매미들이 맹렬하게 울어대고, 우리는 더위를 견디기 위해 냉방이 잘 되는 카페나 도서관을 찾겠지요. 그러나 여름은 무한정 이어지지는 않을 거예요. 여름 저녁의 황혼을 몇 번 겪으면 여름은 서서히 소실점 너머로 자취를 감추고 말겠지요. 여름의 끝에서 가을의 멜랑콜리가 번성하겠지요.

가을의 끝이다 열몇 개의 파탄이 지나간다
양파를 썰자 눈물이 났다
개수대 아래로 물이 조용히 흘러들어갔다
당신이 떠나고 나는 눈물을 흘렸다
장롱 밑에서 죽은 거북이 나왔다
우리는 살면서 잦은 불행에 무뎌졌다
나는 접시를 깼다 실수였다 앞니가 깨졌다
분별은 무거워서 분별을 멀리하고 살았다
짧은 황혼이 지고 빛이 희박해질 때
나무들이 목발을 짚고 어둠 속에 서 있었다
누군가 허둥거리고 어디선가 물이 얼자
동물원 원숭이들은 몸을 웅크린 채 잠들었다
연애는 슬프거나 우습고 빛나거나 치졸했다

이별은 돌이킬 수 없는 일이 되면서
내 몸 어디선가 뜨거운 것이 치밀어 올랐다
벌써 여름과 겨울이 열 번씩 지나갔다
날씨는 늘 나쁘거나 좋았지만
영혼은 가장 무른 부분에서 부패가 시작되었다
나는 가끔 무서운 생각을 했다

— 졸시, 〈오래된 연애〉

　　　여름옷을 개켜 옷장에 정리한 뒤 가을을 맞을 때, 여름의 일들은 여름의 일들로 의연해집니다. 당신과 이별을 맞은 것은 여름의 끝과 가을의 시작이 맞물린 그맘때였지요. 당신이 떠나간 뒤 개수대 아래로 물이 조용히 흘러들어가는 걸 바라보면서 나는 연애의 종말을 묵묵히 받아들였어요. 연애는 죽음이 태어나는 자리이기도 하니, 그럴 수밖에 없었다고 가만히 속삭였어요. 내 고막 안쪽에 가을 저녁의 밀물처럼 고요가 가득 차오르고, 나는 지구의 축이 조금 더 기울어진 듯 슬펐어요. 가을의 초입에서 어떤 계약은 성사되거나 깨지고, 연애는 추악한 폭로와 질펀한 스캔들을 분비해내면서 파장에 이르지요. 가을이 깊어지면 무료함에 지쳐 도시의 외곽에 있는 동물원을 찾아가 열대 원숭이 우리 앞에 머물다가 돌아왔어요. 이번 생은 망했어. 나는 가끔 혼자 무서운 생각을 했습니다. 어느 날 갑자기 기온

여행의 끝은 아득해서 아무리 손을 내밀어 더듬어도 아무것
도 만져지는 게 없습니다. 부재의 막막함이야말로 여행이 품
은 무정함인 것.

이 뚝 떨어지고 영동 산간 지방의 첫 얼음 소식이 들려올 즈음 나는 소스라치게 놀라서 정신을 차렸어요. 연애는 슬프거나 우습고 빛나거나 치졸했습니다만, 연애라는 전쟁을 치르면서 나도 모르게 깊은 내상을 입었던 거지요.

아마 여름은 지나갈 거예요.
또 새로운 가을은 저기 어디쯤 머뭇거리며 오겠지요.
당신, 잘 있어요.

모든 여름과
연애에는 끝이 있다

여름의 끝에 희미한 열기가 남은 다림질한 셔츠를 입을 때

기분 좋은 멜랑콜리가 몰려와 나를 집어삼킵니다.

내 안에서 날뛰던 짐승들이 무력해지면서

'어제보다는 더 착한 사람이 되자'라고 결심합니다.

어쩌면 이것은 여름내 복숭아를 먹고

찐 감자와 옥수수를 먹으며

책 몇 줄을 꾸역꾸역 읽은 보람일지도 몰라요.

우리는 여전히 남반구의 도시에 머물고 있습니다. 북반구는 한여름이고, 우리가 머무는 남반구는 한겨울입니다. 해가 늦게 뜨고 일찍 집니다. 일조량이 턱없이 적어서 맨드라미나 해바라기는 피지 않아요. 저 먼 북반구에서 연일 들려오는 폭염과 폭우 소식은 현실감이 미약합니다. 여기에 폭염과 폭우의 실감을 바로 전달하는 텔레비전 뉴스도 신문도 없기 때문이겠지요. 그것은 먼 곳의 일로서 우리의 초연함을 무너뜨리지 못하지요. 초복과 중복 무렵 최고 기온을 연신 경신하면서 한반도는 펄펄 끓어올랐지만 우리는 남반구에서 새벽마다 무릎을 파고드는 추위와 싸우고 있지요. 벽난로에 장작을 넣어 지핀 불로 추위에 떠는 몸을 덥히면서, 한국에서 지인이 보내준 김애란 소설집《바깥은 여름》이나 파스칼 키냐르의《음악 혐오》를, 그리고 데이비드 색스의《아날로그의 반격》을 몇 장씩 읽거나 온풍기를 틀고 무릎에 담요를 덮은 채 산문을 끼적입니다. 우리는 한여름 속 한겨울을 보내고 있지요.

여름의 빛은 금빛으로 명징하고 뜨거운 바람은 숨통을 끊어놓을 만큼 가혹하지요. 태양이 머리 꼭대기에 오는 정오, 달궈진 아스팔트에서 올라오는 지열로 얼굴이 빨개질 때, 우리는 저 멀리 흰 모래와 파란 바다를 갈망합니다. 금빛 햇빛 속에서 알제리 출신의 프랑스 작가 알베르 카뮈를 떠올리게 돼요. 여름의 빛을 유난히 사랑했던 작가 카뮈는 "세계와 분리되지 말 것. 삶을 빛 속에 담아놓게 되면 실패는 없다"라고 썼지요. 여름의 넘치는 빛 속에서 나무의 녹색 잎은 반짝거리고, 아이들은 부쩍 자라나요. 우리는 이 여름의 선물을 모른 채 습기 많은 더위의 치근덕거림에 널브러져 무력할 뿐이죠. 카뮈는 《작가수첩 1》에서 "우리는 우리 자신이 될 시간이 없다. 우리에겐 오직 행복해질 시간이 있을 뿐이다"라고 썼어요. 여름의 날이 저물고, 잎이 무성한 가로수들 사이로 카페의 불빛이 환하게 빛나죠. 저 맞은편 카페의 환한 조명 아래서 아이스커피나 아이스크림을 먹는 젊은이들을 바라보며 이 위대한 작가의 문장을 읽을 때, 여름은 오직 행복해질 시간이라고 일부러 오독하겠죠.

　　우리는 여름의 나라를 떠나 꽃송이가 주먹만큼 커다란 붉은 동백이 모가지째 뚝뚝 지는 겨울의 나라에 밀입국자처럼 숨어들어왔어요. 이 계절의 뒤바뀜에 대해 별로 할 말이 없어요. 저 북반구의 여름이 우리를 파묻을 구덩이를 파는 듯해요. 여름이 구덩이를 파는 동안 우리는 사는 것의 헐거움과 비루함을 묵묵히 견딜 뿐이지요. 여름 폭염이 분비해내는 존재의 비참과 가난함 속에서 명예는 바닥으로 떨어지지요. 이것이야말로 진짜 여름의 복수, 여름의 시련인 것이지요. 이것에 대해서 더 이상 아무 말도 하지 않기로 하지요. 아무리 파렴치하고 지독한 여름이라도 이 여름은 금세 지나갈 거예요. 이상한 외로움과 감미로움에 감싸인 채 맞는 여름의 끝은 가끔 이런 시를 남겨요.

내 몸의 사랑을
탕진하고
지금 당신을 만나

지평선은 여기서 멀다.

먼 곳이 더 멀어지면서 여름은 돌연 끝난다.

감자를 찌고 간장게장을 먹던 저녁들이

자취를 감출 때 불가능과 실패 들은 형태가 확고해진다.

당신의 감정 주기는 순조롭고

추분 무렵 가을의 맛은 제법 싶어지지.

새끼 염소들이 정신줄 놓고 풀 뜯는 계절,

여름과 연애의 끝은 정말 다행이야.

오, 실패와 불가능은 감미롭겠지.

여름 끝에서 여름과 작별한 뒤

우리는 어제보다 더 착해지겠지.

당신은 지금이 살 만하다고 말하겠지.

— 졸시, 〈여름의 끝〉

　　　입추가 지나면서 여름 더위는 한고비를 넘겨 결국 끝을 향해 곤두박질치지요. 우리를 단련시키던 햇볕은 돌연 열기를 잃어버리고, 감자를 찌고 간장게장을 먹던 저녁은 덧없이 사라지지요. 여름이 끝날 때 불가능과 실패 들은 형태가 확고해지고, 우리 청각은 순해지지요. "잠이 들기 시작할 때, 청각은 밀려오는 무의식적인 무기력에 가장 마지막으로 항복하는 감각이다."* 청각이 순해지면 사람은 왜 순해지는 걸까요? 왜 그런지는 모릅니다. 여름의 끝에 희미한 열기가 남은 다림질한 셔츠를 입을 때 기분 좋은 멜랑콜리가 몰려와 나를 집어삼킵니다. 내 안에서 날뛰던 짐승들이 무력해지면서 '어제보다는 더 착한 사람이 되자'라고 결심합니다. 어쩌면 이것은 여름내 복숭아를 먹고 찐 감자와 옥수수를 먹으며 책 몇 줄을 꾸역꾸역 읽은 보람일지도 몰라요.

우리 여행은 끝나가요.
곧 돌아가요. 다시 파주로, 여름 속으로.
당신, 잘 있어요.

---

* 파스칼 키냐르, 김유진 옮김, 《음악 혐오》, 프란츠, 2017, 106쪽.

글	을		쓰	는					
자	세								

돌이켜보면 이십 대 초반 문학에 매달린 것은

고독했기 때문이죠.

고독의 무자비한 포획 속에서 헐떡거리지 않았다면,

세계가 나라는 존재를 환대했다면,

마약의 황홀경에 도취하고 미와 여인들의 품속에서

살 수만 있었다면, 글쓰기의 괴로움에

자신을 밀어놓는 일 따위는 없었겠죠.

여행은 계속되고, 그사이 손톱과 발톱이 자라납니다. 오늘 아침 이 속절없이 자란 것들을 햇빛이 환하게 내리는 자리에 앉아 잘랐어요. 니체의 초인이니 영겁회귀니 하는 것들을 몰라도 손톱과 발톱은 날마다 조금씩 자라납니다. 설마 자라나는 게 그것들의 잘못은 아니겠죠. 자라는 것의 무용성에 몸서리치는 건 인간들이죠. 손톱과 발톱은 지나간 시간의 물증들일 뿐만 아니라 니체가 말한바, 우리가 "건너가는 존재이며 몰락하는 존재"라는 사실을 알려주지요. 손톱을 자르는 아침, 니체의 목소리가 내 안에 우레처럼 울려 퍼지네요. "아, 차라투스트라여, 그대의 과일은 익었으나 그대는 과일에 어울릴 만큼 익지 못했구나! 그러므로 그대는 다시 고독 속으로 돌아가야 한다. 앞으로 더 무르익어야 한다."*

여행하는 내내 에드몽 자베스의 시집《예상 밖의 전복의 서》를 옆에 끼고 읽었어요. 마치 굶주린 개가 제 텅 빈 밥그릇을 아쉬워하며 바닥을 알뜰하게 핥듯이 이 얇은 시집을 읽고, 읽고, 읽었어요. 당신도 이미 눈치챘겠지만 여행가방에 넣어온 책이 몇 권 안 된 탓이기도 하고, 에드몽 자베스의 시집은 반복해서 읽을 만한 가치가 있기 때문이죠. 에드몽 자베스는 〈고독, 문체의 공간〉이라는 시편에서 "고독이 없는 문체, 문체가 없는 고독이 존재할 수 있는가?"라고

* 프리드리히 니체, 장희창 옮김,《차라투스트라는 이렇게 말했다》, 민음사, 2004, 206쪽.

묻습니다. 왜냐하면 사람 자체가 고독이기 때문이죠. 참을 수 없는 존재의 가벼움은 결국 견뎌야 할 존재의 무거움이고, 참을 수 없는 존재의 무거움 역시 결국 고독의 무거움인 것이죠.

번역자 최성웅 씨는 에드몽 자베스를 "이탈리아 국적으로 이집트 카이로에서 태어나 프랑스어로 글 쓴 작가"라고 소개했어요. 애초 타고나기를 "어디에도 속할 수 없는 이방인"이라는 얘기죠. 그는 무슬림의 세계에서 유대인의 피를 받고 태어나 자랐는데, 젊은 시절 랭보와 말라르메의 영향 아래서 시를 쓰기 시작했어요. 우연히 열여덟 살에 막스 자코브라는 시인에게 시 몇 편을 보낸 인연으로 프랑스 문단에 알려지게 되었지요. 에드몽 자베스는 고독한 시인이 될 수밖에 없는 환경에서 나고 자랐다는 사실을 알 수 있죠. 일찍이 폴 오스터의 책에서 처음 에드몽 자베스의 이름을 접하고 그의 시집이 한국어로 번역되기를 기다렸는데, 2017년 이른 봄에 바로 이 시집이 나왔지요. 번역자에게 이 시집을 받아 읽으며 얼마나 좋았던지요!

"글을 쓰는 자세는 고독한 자세다."* 왜 아니겠어요? 가난한 집 장남으로 태어나 아무 짝에도 쓸데없는 시를 쓰면서 자신의 남루함과 뻔뻔함에 대해 얼마나 큰 자괴감에 시달렸던지! 부모와

* 에드몽 자베스, 앞의 책, 44쪽

다섯 남매가 방 두 칸짜리를 얻어 살았는데, 그중 하나를 고독한 영주
領主처럼 저 혼자 차지하고 날마다 무언가를 썼습니다. 서가가 없어 한
쪽 벽에 읽은 책들을 어지럽게 쌓아놓았는데, 어느 날 그 책들이 무너
져 내렸어요. 그 책 더미에 깔려 죽어서 미라로 변해버린 생쥐가 있었
어요. 돌이켜보면 이십 대 초반 문학에 매달린 것은 고독했기 때문이
죠. 고독의 무자비한 포획 속에서 헐떡거리지 않았다면, 세계가 나라
는 존재를 환대했다면, 마약의 황홀경에 도취하고 미美와 여인들의 품
속에서 살 수만 있었다면, 글쓰기의 괴로움에 자신을 밀어놓는 일 따
위는 없었겠죠. 사는 게 재미없으니까 고독의 문체 속에 자신을 갈아
넣는 일에 매달렸겠죠. 글쓰기는 고독 속에서 이루어집니다. 또한 글
쓰기 과정은 고독을 발견하고 응시하며 그것을 치유하는 과정이기도
했어요.

　　내 평생 단 하나의 꿈은 가족과 사회와 국가로부터의
완전한 자립과 자유였지요. 가족과 사회와 국가는 타자의 동맹이고,
이것은 늘 개별자에게 이것을 해라, 저것은 하지 말라고 명령을 내려
요. 이 명령이 설사 합목적성을 품고 있을 때조차 개별자의 자율성을
함부로 침범하는 억압으로 작동합니다. 나는 그 명령들을 거부하며
늘 멀리 달아났어요. 다른 모든 일들을 제치고 글쓰기를 평생의 업으
로 선택한 것은 내 천부의 자립과 자유정신을 지키기 위한 것이었지
요. 글쓰기는 그 자립과 자유를 향해 높이 도약할 수 있는 토대지요.

자립과 자유를 꿈꾸는 사람은 필경 고독할 수밖에 없습니다.
그러니 가족과 사회와 국가로부터 자립을 꾀하고 자유롭게
살려면 고독을 두려워해서는 안 될 일이지요.

자립과 자유를 꿈꾸는 사람은 필경 고독할 수밖에 없습니다. 그러니 가족과 사회와 국가로부터 자립을 꾀하고 자유롭게 살려면 고독을 두려워해서는 안 될 일이지요.

　　글을 쓰는 자세가 곧 고독의 자세라는 에드몽 자베스의 말에 전적으로 동감해요. 이 고독은 "규정되지 않는 복수複數로 셀 수 없는 단일單一을 만드는 것"*이지요. 책을 읽고 쓰는 일에는 고독이 자연스럽게 깃들어요. 글쓰기의 고독은 곧 수인囚人의 고독인 것이지요. 평생 글쓰기라는 감옥의 수인으로 살았는데, 이것은 돌이킬 수 없어요. 이것이 자발적 선택이라도 말이에요. 책을 쓰는 한, 이 고독에서 벗어날 길은 없는 것으로 보입니다. 에드몽 자베스는 이렇게 씁니다. "책은 우리가 외면하는 책의 폐허 위에서, 책의 잔해로부터 오는 끔찍한 고독 위에서 만들어지기 때문에."

　　여행은 끝나갑니다.
　　당신, 잘 있어요.

---

* 에드몽 자베스, 앞의 책, 46쪽.

| 이 | 방 | 인 | 에 | | | | | | |
| 대 | 하 | 여 | | | | | | | |

이방인은 불안을 자아내는 낯섦을 품은 자들로 세포 분열하고,

세균처럼 끊임없이 번식하며 정주민을 위협하지요.

이방인들이 늘면서 정주민의 일자리를 빼앗고

정주민 몫의 복지를 부당하게 누리는 탓에

정주민은 손해 볼 수밖에 없어요.

인류 역사에서 정주민과 외지에서 들어온 이방인이

서로를 의심하고 마찰하는 것은 드문 일이 아니었어요.

우리는 여전히 남반구의 도시에 머물고 있습니다. 이 국의 낯선 풍경, 낯선 관습, 낯선 언어 속에서 문득 소외감을 느끼며 떠돌고 있지요. 오클랜드 중심가인 퀸 스트리트를 걸을 때, 사방에서 알아들을 수 없는 말들이 들려올 때, 음식점에 들어가 생소한 음식들이 적힌 영어 메뉴판을 받을 때, 우리가 환대와 냉랭함 사이에서 어리둥절하는 이방인이라는 실감을 하지요. 심지어 거리를 떠도는 홈리스조차도 영어가 자유롭다는 사실에 가끔 놀라고 충격을 받지요. 우리는 저 문지방을 넘어온 자, 입국심사대를 통과해서 합법적 통행 허가를 얻고 들어온 자, 언어와 관습의 테두리 바깥에 있는 영원한 타자이지요. 이방인이란 멀리서 와서 어느 날 갑자기 나타난 자, 낯선 자, 거동이 수상한 자, 현지 언어의 발음이 어눌한 자, 지리를 모르는 자, 늘 서성거리고 두리번거리는 자, 결정을 유보하고 망설이는 자, 자주 묻는 자, 어떤 물음에도 쉽게 대답을 못 하는 자, 일정한 거주지가 없는 자, 거주지가 일정하지 않은 자, 겉도는 자, 문제를 일으키는 자, 언젠가 추방될 자이지요. 이방인은 정주민에게는 하나의 골칫덩어리, 하나의 문젯거리인 것이지요.

자크 데리다라는 철학자는 이렇게 문제를 제기하네요. "이방인에 대한 문제. 그것은 이방인의 문제가 아니던가? 이방인으로부터 온 이방인의 문제가?" 정주민의 처지에서 보자면 이방인은 낯선 자들이고, 낯선 신을 섬기면서 항상 문제를 안고 다니는 존재이지요.

내 몸의 사랑을
탕진하고
지금 당신을 만나

정주민에게 이방인이란 그 존재 자체만으로도 불편한 것입니다. 그들은 카오스와 무無와 잠재적 감염의 벗들입니다. 자크 데리다가 문제를 제기하는 방식이 낯설지 않아요. "마치 이방인이란 우선 제일 먼저 질문을 하는 사람, 또는 사람들로부터 첫 질문을 받는 대상이기라도 하듯이. 마치 이방인이란 물음으로 - 된 - 존재, 물음으로 - 된 - 존재의 물음 자체, 물음 - 존재 또는 문제의 물음으로 - 된 - 존새이기리도 하듯이 말이다."* 자크 데리다가 이방인의 등짝을 후려치네요. 등짝 후려치기는 차이에 대한 일종의 낙인찍기. 등짝 후려치기는 이방인을 악과 기괴함으로 낙인찍고, '물음으로 - 된 - 존재들'이라고 규정하는 방식으로 이루어집니다!

　　　　이방인은 불안을 자아내는 낯섦을 품은 자들로 세포분열하고, 세균처럼 끊임없이 번식하며 정주민을 위협하지요. 이방인들이 늘면서 정주민의 일자리를 빼앗고 정주민 몫의 복지를 부당하게 누리는 탓에 정주민은 손해 볼 수밖에 없어요. 인류 역사에서 정주민과 외지에서 들어온 이방인이 서로를 의심하고 마찰하는 것은 드문 일이 아니었어요. 정주민의 처지에서 이방인은 낯설 뿐만 아니라 무서운 존재지요. 이 초대되지 않은 자들, 어디선가 불쑥 틈입해온 자들이 공포를 불러일으키는 존재라는 한에서 감염병이고, '식인종'이

* 자크 데리다, 남수인 옮김,《환대에 대하여》, 동문선, 2004, 57쪽.

지요. 신화의 프레임에서 보자면, 이방인은 아버지 살해자, 몹쓸 아들, 숨어 살던 이복형제, 즉 오이디푸스의 후예인 것이지요. 자크 데리다는 이방인을 두고 "이 아들은 맹인이자 동시에 대리 견자見者, 즉 맹인의 못 보는 자리에서 보는 사람"이라고 규정해요. 정주민들이 갑자기 출현하는 이방인들에 대해 경계하고 긴장하는 것은 당연한 일이지요. 이방인들은 정주민들이 못 보는 것을 보고 문제를 제기하고, 법과 치안의 잠재적 위험군으로 존재하며, 아버지의 유산에서 자기 몫을 떼어줄 것을 요구할 테니까요.

우리는 시드니와 오클랜드에서 지내는 동안 여러 이민자 벗들을 만났어요. 이들은 수십 년 만에 만난 고등학교 동창이고, 문학의 친구들이며, 우리가 잘 아는 누군가의 지인들이지요. 우리는 그들에게 갚을 수 없을 만큼 넘치는 환대를 받았지요. 그들은 멀리는 서른 해 전에, 가까이로는 일고여덟 해 전에 저 북반구의 조국을 떠나 이주해온 사람들이지요. 조국이 상상의 혈연공동체라면, 국가란 지속과 흐름을 자르고 조절하는 절단 - 기계에 지나지 않아요. 국제공항의 출입국 심사대는 국가와 국가 사이의 경계이자 문턱이며, 흐름을 자르고 거르는 장치입니다. 그 출입국 심사대야말로 주권국 시민들의 들어오고 나가는 흐름을 심사하고 자르는 절단 - 기계의 날[刃]이지요. 해외 이주자란 자발적일지라도 본질에서 이 절단 - 기계에 탯줄이 잘린 자이지요. 이들은 탯줄이 잘린 채 흘러들어온 낯선 나라, 다른 곳

내 몸의 사랑을
탕진하고
지금 당신을 만나

— 장소이되 장소가 아닌 무-장소 — 에서 실존의 토대를 만들고 뿌리를 내리기까지 갖은 수고와 수모를 겪었겠지요.

　　우리는 이민자가 겪는 소외감과 슬픔에 대해 잘 모릅니다. 소수자일 수밖에 없는 이민자가 현지 문화와 관습에 적응하고 뿌리를 내리기까지 얼마나 고생했을지 우리는 삼히 짐직조차 할 수가 없어요. 모든 이민자는 정주민이 누리는 주인 됨의 권리를 침해하지 않는 한에서 '조건부 환대'를 받을 수가 있어요. 이들이 정주민과 동등한 권리를 누리거나 무조건적 환대를 받을 수는 없습니다. 이민자는 정주민의 주류에 포함되지 못한 체류자이거나 비주류 집단으로 살아갈 수밖에 없어요. 삶의 자리를 박차고 낯선 나라로 떠나온 이들은 이곳과 저곳 사이에서 살아갈 수밖에 없습니다. 이민자들 중에서 영주권이나 시민권을 얻은 이들은 이 새로운 나라의 가장자리에 정주의 권리를 취득한 것이지요. 그것은 자랑거리이자 동시에 치욕이기도 합니다. 치욕이라고요? 그들은 북반구의 조국을 떠났고, 새로운 나라의 시민으로 받아들여졌지만, 실은 그 둘 사이에서 떠돌 수밖에 없는 슬픈 디아스포라의 운명을 떠안게 되니까요. 이민자들은 양쪽 어디에도 소속될 수가 없어요.

　　이민 와서 자리를 잡고 사는 이들이 우리에게 베푼 호의와 환대는 눈물겨운 바가 있어요. 우리는 그 순수한 환대에 진심으로 고마워하고 감격했어요. 그것은 의심할 바 없는 친절이고, 대가를 바라지 않고 베푼 우정이었으니까요. 그러나 자신도 모르는 사이 심리적 무국적자가 되어버린 이민자들은 무의식의 층위에서 낯선 도래자인 우리를 법-밖의-존재로 살아야 하는 자기의 운명과 동일시하며 연민을, 혹은 자기보다 늦게 도착해서 어리둥절한 채로 자기들이 겪은 시행착오와 혼란을 되풀이하는 이 가엾은 자들에게 한 줌의 적선을 베푼 것은 아니었을까요. 물론 환대에의 권리는 애초에 우리 몫이 아니었어요. 그것은 베푸는 자의 것, 조건 없이 주려는 자의 친절이고 미덕인 것이지요. 따라서 앞에서 펼친 내 견해는 지나치게 메마른 철학적인 견해일 것입니다.

오늘 저녁 한 변호사의 초대로 오클랜드에서 가장 근사한 레스토랑 중 한 곳에서 저녁 식사를 했어요. 사심 없이 환대하는 주인에게 손님은 하루의 신이라는 옛말이 떠오릅니다. 레스토랑 창밖으로 하버브리지 — 시드니의 하버브리지가 더 크고 유명하지만 오클랜드에도 시드니의 것과 닮은 하버브리지가 있습니다 — 가 보이고, 바다와 요트 정박장도 한눈에 들어왔어요. 전망 좋은 레스토랑이고, 종업원은 친절했어요. 전채 요리, 해산물 요리, 좋은 와인, 후식까지 눈과 혀를 즐겁게 한 훌륭한 식사였어요. 환대를 요구할 권리가 한 점도 없는 낯선 이방인에게 베푼 이 한 끼의 식사는 충분히 우리 마음을 화사하게 만들 만한 환대였어요. 주인은 손님의 손님이 되고, 손님

내 몸의 사랑을
탕진하고
지금 당신을 만나

은 주인의 주인이 된다는 사실을 전제하더라도 여행 내내 뜨내기손님
에 불과한 우리에게 조건 없는 환대와 친절을 베풀고 더운 밥과 찬 술
을 기꺼이 사주신 모든 분께 감사드립니다.

당신, 잘 있어요.

걱	정	하	지						
말	아	요		당	신				

타인을 만나거나 안 만나는 것을 결정하는 것은

피로와 무기력의 문제예요.

피로와 무기력이 우리의 태도를 결정해요.

우리 안에 깃든 무기력은 행위들의 거부로 나타납니다.

돌이켜보면 내가 고갈되었을 때

누구도 만날 기분이 생겨나지 않았지요.

기분이란 사실 우리 안의 에너지량을 일러주는 바로미터지요.

우리는 시드니행 여객기를 타려고 오클랜드 공항에 도착했습니다. 지금은 새벽 세 시인데요, 이 시각 공항의 매장들, 탑 승객의 체크인을 돕는 창구들, 환전소는 모두 닫혀 있어요. 공항 청사의 직원들도 퇴근한 뒤라 공항은 철 지난 해수욕장처럼 텅 빈 상태입니다. 여행객들이 바닥과 소파를 차지하고 배낭에 머리를 기댄 채 눈을 붙이고 있는 게 여기저기 눈에 띄네요. 눈꺼풀 위로 쏟아지는 잠의 무게를 못 이겨 나도 맥도날드 의자에 몸을 의지한 채 잠을 청했습니다.

　　오클랜드에 첫발을 내디딜 때 당신을 만나리라 실낱같은 기대를 품었지만 끝내 못 만나고 떠나네요. 당신과 통화한 사람은 있지만 당신을 본 사람은 없었어요. 어쩌면 당신은 오클랜드에 없는지도 몰라요. 당신은 우리를 만나고 싶지 않았을지도 모르지요. 나 혼자 당신을 만날 기대에 설렜던가요? 내 마음의 한가운데로 노래 한 줄이 지나갑니다. "지나간 것은 지나간 대로 그런 의미가 있죠." 그래요. 우리에겐 그런 지나간 시절이 있었죠. 그 시절의 달콤한 기억이 당신을 만날 수 없음을 더욱 안타깝게 만들지요. 나는 그 시절을 공유한 권리로 당신을 찾았던 것인데, 당신은 그 부름을 거절했죠. 지나간 것은 지나간 대로 두자, 라고 체념하고 맙니다. 선택의 권리는 당신 손에 쥐어져 있는 것이니 내가 뭘 어쩌겠어요.

타인을 만나거나 안 만나는 것을 결정하는 것은 피로와 무기력의 문제예요. 피로와 무기력이 우리의 태도를 결정해요. 우리 안에 깃든 무기력은 행위들의 거부로 나타납니다. 돌이켜보면 내가 고갈되었을 때 누구도 만날 기분이 생겨나지 않았지요. 기분이란 사실 우리 안의 에너지량을 일러주는 바로미터지요. 우리의 기분은 권태와 피로의 정도에 좌우되지요. 타인에 대한 권태, 그리고 나 자신에 대한 권태가 그것입니다. 철학자 에마뉘엘 레비나스는 권태를, 무엇인가를 해야 한다는 행위와 착수의 불가피성, 그 궁극적인 의무에 대한 불가능한 거부라고 말합니다. 당신은 나를 만나러 나올 수도 있었지만 어쨌든 그걸 거부했어요. 그 거부가 당신의 기분과 지금 당신이 처한 상태를 충분히 보여주었다고 생각해요.

데본포트 바닷가 바로 앞 도서관을 둘러보고, 길 건너편에 있는 '북마크'라는 근사한 헌책방에 들어갔어요. 그 헌책방을 둘러보다가 레이먼드 칭의 화집을 손에 넣었지요. 운 좋게도 화집에는 작가의 사인과 에디션 넘버가 있었지요. "Raymond Ching Recent Paintings and Drawings 298/1000." 뉴질랜드 웰링턴에서 태어난 사람으로, 화집을 보니 주로 새와 나무, 평범한 사람들의 초상을 사실적으로 그리는 화가더군요. 크고 두꺼운 화집이 백오십 달러인데, 여행자가 들고 다니기엔 불편해서 아쉬운 대로 작은 화집에 만족하기로 했어요. 아래 그림은 이 화집 중 가장 인상적인 작품이지요.

내 몸의 사랑을
탕진하고
지금 당신을 만나

나는 레이먼드 칭이라는 낯선 화가의 그림과 당신을 겹쳐봅니다. 나이를 가늠할 수 없는 여자는 하얀 시트가 깔린 침대 끝에 걸터앉아 뒷모습이 화면의 중심에 있지요. 검은 머리는 흘러내려 한쪽 어깨를 가리고, 어깨에 걸쳐진 가느다란 슬립의 끈과 등의 일부가 드러납니다. 여자는 뒷모습만을 드러낸 탓에 얼굴에 나타난 감정은 짐작조차 할 수 없어요. 앞모습의 중심은 얼굴입니다. 얼굴은 원하는 대로 성형이 가능하고, 화장을 통해 수시로 자기 분식粉飾을 하지요. 때때로 얼굴은 가면입니다. 반면, 뒷모습은 꾸밀 수가 없죠. 어떤 뒷모습이든지 불가피하게 정직할 수밖에 없습니다. 뒷모습은 무방비한 채로 쓸쓸한 기분과 연민을 불러일으키는데 왜일까요? 뒷모습이 존재의 연약함과 더불어 이별과 패배의 슬픔을 감당하기 때문이겠죠. 여자의 뒷모습은 침묵뿐만 아니라 누군가를 향한 분노와 무기력을, 노동과 수고 일체에 대한 완강한 거부를 시위합니다. 이토록 여자를 슬픔과 침울함에 빠뜨린 것은 저녁 약속을 어긴 애인일지도 모르죠. 여자의 뒷모습은 무엇인가를 새롭게 시작할 수 없는 불가능성에 압도된 좌절과 실패의 풍경이지요. 나는 화집을 곰곰이 들여다보다가 울컥 슬픔이 목구멍 너머로 올라와 화집을 덮어버리고 말았어요.

우리는 우기에 들어선 오클랜드에서의 짧은 여행을 마치고 떠나요. 오클랜드에서 만난 여러 벗들의 환대와 호의는 쉬이 잊기 어렵겠죠. 새벽 네 시를 넘어서자 공항에서 근무하는 노동자들이

Charley-Barley, 1975, Watercolor, 26×21cm
© Raymond Ching

하나둘씩 출근하면서 공항이 아연 활기를 띠며 소란스럽네요. 주황색 유니폼을 입은 청소원들이 공항 바닥을 쓸고 닦고, 매장과 식음료를 파는 업소들이 문 열 준비를 서두르네요. 우리는 각자 짐을 챙기고 탑승 수속을 밟으러 일어납니다. 탑승 카운터에서 비행기 티켓을 확인하고, 수하물 무게를 단 뒤 짐을 부칩니다. 출국심사대 앞에는 여행객들이 잠이 덜 깬 얼굴로 길게 늘어서서 출국심사를 기다립니다.

자, 우리는 떠납니다.
당신, 잘 있어요.

우	리	는		포	경	선	을		탄	
고	래	잡	이	들						

우리는 저마다 자기만의 바다를 갖고 살아요.

그게 금단의 바다, 야만의 해변일지라도 어쩔 수 없어요.

우리 모두는 포경선을 타고 고래잡이에 나선 사람들이죠.

우리가 싸워야 할 것들은 세상의 기만과 평범한 악들.

그것들이 높은 파고를 일으키며

우리가 탄 포경선을 뒤흔들겠죠.

중요한 것은 살아남는 것!

우리 인생은 불과 재로 이루어져 있습니다. 물론 불과 재는 은유죠. 나무는 녹색 불꽃이자 동시에 녹색 재지요. 사람은 욕망과 광기의 존재인 한에서 거칠게 태울 것들을 거머쥐고 상승하는 불꽃이고, 욕망을 비운 존재인 한에서 불씨가 꺼져버린 한 줌의 재지요. 우리 모두의 안에는 불의 슬픔, 불의 분노, 불의 사악함, 불의 탐미주의, 불의 죽음이 깃들어 있지요. 그것들은 분리되지 않은 채 한네 어울려 소용돌이를 칩니다. 내가 불이고 재라는 것을 떠올릴 때 슬픔은 아득하게 밀려오지요.

　　자, 불에 대해 더 말해볼까요. 불은 하나의 형상이 아니라 여러 형상을 갖고 있어요. 사나운 불, 비열한 불, 화난 불, 슬픔이 가득한 불, 병든 불, 건강하고 아름다운 불, 어둠 속에서 광기에 사로잡힌 불, 가볍고 민첩한 불, 느리고 무거운 불, 우아한 불, 거칠고 험악한 불, 얌전한 불, 성격이 급한 불……. 불의 다양성은 인종의 다양성에 견줄 만하죠. 우리 안의 피는 액체화한 불인데, 그 불은 더러는 흐느끼고 더러는 노래하며 춤을 추지요. 불은 밤의 어둠을 벗 삼아 춤을 춥니다. 죽음만이 그 노래와 춤을 멈추게 해요. 하나의 불꽃이었을 때 우리는 제멋대로 미쳐 날뛰지만, 영혼이 타버리고 한 줌 재로 변한 뒤엔 침울함에 잠겨 침묵합니다.

　　불이 무엇이고, 재는 무엇인가요.

민첩한 불, 움직이지 않는 재. 찡그리는 불, 차분한 재. 원숭이 같은 불, 고양이 같은 재. 가지에서 가지로 기어오르는 불, 내려서 쌓이는 재. 일어나는 불, 더미 지는 재. 빛나는 불, 윤기 없는 재. 소리 내는 불, 침묵하는 재. 뜨거운 불, 차가운 재. 붉은 불, 회색의 재. 죄지은 불, 희생자인 재. 그리스 불, 사빈의 재. 정복하는 불, 정복당한 재. 무서워하는 불, 한탄하는 재. 대담한 불, 쉽게 흩어지는 재. 길들일 수 없는 불, 쓸어버릴 수 있는 재. 장난치는 불, 진지한 재. 동물적인 불, 광물적인 재. 성마른 불, 벌벌 떠는 재. 파괴하는 불, 쌓아올리는 재. 언제나 가까이 있는 붉은 불과 회색빛 재—자연이 총애하는 깃발들 중의 하나.

— 프랑시스 퐁주, 〈불과 재〉[*]

　　　　이 많은 불이라니! "원숭이 같은 불"이 있다면 "고양이 같은 재"도 있겠지요. 불은 사물에 감응하는 능력에서 탁월해요. 우리는 불의 무용舞踊에 감탄하면서 불의 자태와 재능을 넋 놓고 바라본 적이 있어요. 현악기의 가장 낮은 음 같은 불의 가느다란 외침에 귀를 기울인 적도 있죠. 대개의 불들은 슬픔으로 말미암아 숨을 거둡니다. 오, 고통스러워하며 내지르는 최후의 단말마, 그리고 긴 탄식을 내뱉

[*] 프랑시스 퐁주, 박동찬 옮김, 《일요일 또는 예술가》, 솔, 1995, 136쪽.

내 몸의 사랑을
탕진하고
지금 당신을 만나

으며 불의 숨은 꺼져가요. 죽은 여자의 잿빛 머리카락 같은 차가운 재
는 불의 시체인 것입니다.

　　　　　이슈마엘이란 이름을 기억하나요? 허먼 멜빌이 쓴《모
비 딕》이란 소설을 아는지요? "내 영혼에 축축하고 비가 부슬부슬 내
리는 11월이 있다."《모비 딕》의 앞부분에 나오는 문장인데 근사하지
요? 이슈마엘이 포경선에서 보고 겪은 얘기를 풀어놓은 미국의 유명
한 소설이죠. 내 상상 속에서 이슈마엘은 희고 깨끗한 이마를 가진 청
년이죠. "나는 금단의 바다를 항해하고 야만의 해안에 상륙하고 싶
다." 왜 아닌가요. 우리의 바다는 항상 '금단의 바다'이고, 우리가 가까
스로 닿은 곳은 '야만의 해안'이었지요. 아득한 것에 대한 갈망을 채
울 기회를 찾아 떠도는 청년, 혼미한 세상을 늠름하게 건너가는 이슈
마엘과 나를 동일시하게 돼요. 이슈마엘은 쾌활하고 장난스러운 청년
이지만 에이허브 선장과 함께 거대한 패배의 늪으로 빠져들면서 이렇
게 말하지요. "우리가 삶이라고 부르는 기묘한 뒤죽박죽 사태 속에서
때로 야릇한 순간이 찾아온다. 우주 전체를 광대한 규모의 농담으로
받아들이게 되는 때다. 농담의 속뜻을 어렴풋하게밖에는 파악하지 못
하고, 이 농담이 누구도 아닌 자기를 놀리는 것이라고 생각하면서도
말이다." 인생이 피폐함과 중압감에 짓눌려 있을 때 야릇한 순간이 돌
연 독수리가 병아리를 덮치듯이 찾아듭니다. 도무지 희망이라곤 보이
지 않던 이십 대 초반 암중모색을 하고 있을 때, "아마도 이건 농담일

우리는 저마다 자기만의 바다를 갖고 살아요. 그게 금단의 바다, 야만의 해변일지라도 어쩔 수 없어요. 우리 모두는 포경선을 타고 고래잡이에 나선 사람들이죠.

거야!"라고 혼잣말로 중얼거린 적이 있어요. 왜 나는 타오르는 불꽃이 아니라 회색빛 재의 존재로 전락해버렸을까요. 그 시절 어떤 우연이 나를 희롱하면서 함부로 놀린다는 생각이 들었던 거죠.

우리는 저마다 자기만의 바다를 갖고 살아요. 그게 금단의 바다, 야만의 해변일지라도 어쩔 수 없어요. 우리 모두는 포경선을 타고 고래잡이에 나선 사람들이죠. 우리가 싸워야 할 것들은 세상의 기만과 평범한 악들. 그것들이 높은 파고를 일으키며 우리가 탄 포경선을 뒤흔들겠죠. 중요한 것은 살아남는 것! 이슈마엘이 멋있게 보인 것은 그가 온갖 역경을 이겨내고 끝내 살아남았기 때문이죠. 얼마나 많은 젊은이가 자기 작살로 몸을 찔러 스스로 목숨을 끊을까요. 허먼 멜빌의 이 장엄한 서사는 살아남은 이슈마엘이 제 운명 안에 밀봉한 이야기를 근간으로 합니다. 흰 고래를 포획하지 못해도 실망하지 말아요. 재가 아니라 불로 살아요! 힘들 때 이슈마엘이라는 청년을 기억하세요.

당신, 잘 있어요.

몰	입							
한	다	는		것				

몰입을 위해 먼저 몸과 마음을 잘 준비해야 해요.

잘 먹고 충분히 쉬세요.

심신이 최선의 상태일 때 몰입은 더 쉬워져요.

몰입은 기쁨이고, 몰입은 결과를 낳습니다.

나날이 사는 게 신명 나고 인생이 즐거워지려면

무엇보다도 먼저 몰입에 몰입하세요!

대개 글 쓰는 사람들은 몰입을 합니다. 나는 날마다 읽고 쓰는 게 생업인데, 늘 생각하는 바지만 읽고 쓰는 일에는 몰입적 사고가 필요해요. 몰입 없이는 읽는 것이나 쓰는 것 어느 하나도 지속하지 못하지요. 몰입이란 무엇일까요? 그것은 혼연일체渾然一體, 즉 생각과 의지와 행동이 하나가 되어 깊이 빠져드는 상태지요. 어떤 분야의 전문가와 비전문가의 차이는 몰입의 정도에서 크게 드러나요. 어느 분야에서든지 전문가란 비전문가에 견줘 더 빨리, 더 깊이 몰입하는 사람들이지요. 몰입할 때 작업의 생산성이 좋아지고, 자기 가능성의 최대치에 이릅니다. 몰입은 꿈이자 열망이지만 몰입이 저절로 되지는 않아요. 몰입을 위한 학습과 훈련이 필요해요. 몰입을 하려면 자기 일을 좋아할 뿐만 아니라 그 일이 갖는 가치와 의미에 대한 명석한 확신이 있어야 합니다. 몰입하는 사람의 특징은 자기 일에 영혼을 쓸어 담는다는 점이지요. 몰입은 일에 영혼을 담을 때 비로소 가능하지요. 영혼 없이 하는 일은 몰입이 불가능합니다.

위대한 작품의 탄생과 발명에는 반드시 몰입이 따르지요. 몰입 없이 무언가를 이루거나 의미 있는 결과를 내는 것은 불가능해요. 몰입의 효과는 매우 큰데, 먼저 마음의 잡다한 번뇌에서 벗어나게 하고, 불필요한 시행착오나 실수를 줄이게 해요. 무엇보다도 몰입의 기적은 기쁨에서 나타나지요. 몰입하는 자는 일종의 황홀경을 겪습니다. 이는 '마라토너스 하이marathoner's high'와 닮았어요. 체력이 고갈되고 곧 심장이 터질 것 같은 한계 시점에 오는 마라토너스 하이는 홀연한 황홀경에 빠져들게 하지요. 뇌과학에 따르면 이는 신체의 마이너스 피드백이 고통을 경감시키려고 뇌가 다량의 엔도르핀을 일시에 뿜어내 기분을 고양시키는 현상입니다. 그 순간 뇌는 마약에 취한 듯 무아지경에 빠진다지요. 가장 훌륭한 결과물은 대부분 심신 일체의 무아지경 속에서 이루어집니다.

하는 일이 지루하고 하품이 나온다면 몰입하지 않았다는 징후지요. 이들은 수시로 시계를 들여다봐요. 반면 몰입한 사람에겐 시간 경과에 대한 느낌이 사라지지요. 몰입이 시간의 흐름을 뛰어넘게 하지요. 더불어 일과 그것을 수행하는 자신의 구별을 뛰어넘어요. 온전한 몰입은 일과 나, 이것과 저것 사이의 분별을 지워서 하나가 되게 하는 것이지요. '정신일도 하사불성'의 상태로 건너가요. 몰입의 조건은 심신의 통합과 집중력입니다. 공부건 작업이건 몰입하는 것과 그렇지 못하는 것은 결과로 나타나지요. 몰입하지 못하면 결과물은 미미할 게 분명해요. 반대로 심신과 일이 혼연일체를 이룬 사람에겐 깜짝 놀랄 만한 보람과 성취가 따릅니다.

몰입의 반대는 이완입니다. 몰입하지 못하는 사람은 일과 상관없는 잡다한 생각에 빠지지요. 그러면 작업 속도가 느려지고 실수를 연발해요. 몸과 정신의 반응 속도가 현저하게 느려지는 것

내 몸의 사랑을
탕진하고
지금 당신을 만나

은 신체만이 아니라 뇌의 에너지 고갈에 따른 것일 수도 있어요. 그럴 때는 휴식이 필요하지요. 실내에서 작업한다면 바깥으로 나와 신선한 공기를 들이마시며 산책을 하거나 간단한 체조만 해도 곧 회복될 수 있어요. 더 깊은 피로가 쌓인 상태라면 숙면을 취하거나 당분간 일에서 손을 떼고 자유로워야 합니다.

창의성 없이 타성으로 일하면 몰입에 이르기 힘들지요. 아침보다 오후에, 상반기보다 하반기에 몰입도가 떨어지는 것은 당연하지요. 아침보다 오후에, 상반기보다 하반기에 피로가 더 누적되는 까닭이지요. 몸과 마음이 건강해야 몰입할 수 있어요. 그렇다면 무엇에? 시와 미덕과 놀이에. 사랑과 리듬과 보이지 않는 것들에. 무엇보다도 삶의 아름다운 찰나들과 웃음에. 몰입을 위해 먼저 몸과 마음을 잘 준비해야 해요. 잘 먹고 충분히 쉬세요. 심신이 최선의 상태일 때 몰입은 더 쉬워져요. 몰입은 기쁨이고, 몰입은 결과를 낳습니다. 나날이 사는 게 신명 나고 인생이 즐거워지려면 무엇보다도 먼저 몰입에 몰입하세요!

당신, 잘 있어요.

가끔은
빈둥거려보세요

오늘의 행복을 위해 사소한 취향의 기쁨을 취하고,

멍 때리기, 붉은 와인 몇 잔의 취기와 우정,

산책 따위를 맘껏 누리세요.

가족이나 벗들과 저녁 식사를 하고,

음악을 듣고 책을 읽으며 매이지 않은 시간을 보내세요.

휴식의 달콤함과 안락함을 탐닉하세요.

우리는 오클랜드 여행을 끝내고 다시 시드니로 돌아왔습니다. 글레노리의 교외 주택에서 며칠을 지낸 뒤 한국으로 돌아가요. 어느덧 글레노리는 마치 오랜 장소처럼 낯익은 곳이 되었지요. 요즘 시드니 날씨는 겨울이 끝나가면서 따뜻해졌어요. 봄이 다가오고 있는 것이지요. 훈풍이 불면서 목련꽃과 동백꽃은 다 졌어요. 밤이나 새벽에도 아주 춥지는 않아 벽난로에 장작을 넣고 불을 지피지 않아도 지낼 만합니다. 한밤중에 글레노리 주택의 베란다에 나오면 캄캄한 하늘에 별들이 찬란하게 빛나는 걸 어렵지 않게 볼 수 있어요.

우리는 지금 여행 중입니다. 시드니 교외 주택은 우리가 임시로 빌려 쓰는 집이지요. 우리는 방이 일고여덟 개이고, 연못과 테니스 코트까지 딸린 커다란 저택을 빌려 한가롭게 지내는 중이지요. 끼니때는 재스민 쌀로 지은 밥을 먹고, 햇볕이 환한 오후에는 베란다 의자에 앉아 시집을 읽거나 음악을 듣고, 해가 뉘엿뉘엿 질 무렵엔 양고기 스테이크를 안주로 와인 한 병을 거뜬하게 마십니다. 가끔 카페에 나가 롱 블랙커피를 마시며 소설책을 읽거나 공원에 나가 걷습니다. 일손을 놓고 한껏 빈둥거리며 지내는 것이지요. 집을 떠날 때부터 우리는 각자에게 포상 휴가를 주기로 마음먹었어요. 지난 시간 동안 정말 열심히 일했으니, 쉴 자격이 있다고 생각했어요.

휴식은 자기 자신에게 베푸는 환대지요. 환대의 본질

은 주인이 손님에게 베푸는 친절입니다. 우리는 무엇보다도 자신의 주인이자 손님이지요. 현명한 사람은 자신을 손님으로 초대해 대접할 줄 아는 사람이지요. 주인이 되어 자신을 손님으로 초대하는 자는 스스로 인질이 됩니다. "주인은 손님의 손님이 된다. 손님은 주인의 주인이 된다."* 환대의 법 안에서 주인과 손님은 서로를 인질로 잡고 있는 셈이지요. 그러니까 주인과 손님이라는 분별은 애초에 무의미한 것인지도 모릅니다.

우리는 밥벌이를 위해 일하는데, 차라리 일의 인질로 잡혀 있는 것이지요. 물론 밥벌이의 수고가 없는 삶은 비루해지지요. 저마다 수고하고 땀을 흘려야만 밥을 벌 수 있고, 사람 구실을 할 수 있어요. 일에는 당연히 수고가 따릅니다. 피로는 이 수고와 손에 무언가를 움켜쥠에 따른 피할 수 없는 옵션이지요. 철학자 레비나스는 피로가 마비의 일종으로 우리에게 내려지는 유죄 판결이라고 말해요. "만약 피로가 존재에 대한 유죄 판결이라면, 피로는 또한 경직, 초췌해짐, 삶의 원천과의 단절이다."** 일은 밥벌이의 수단이자 자아실현의 유력한 방식이지요. 일하지 않고 빈둥거리면 공동체의 일원으로서 게으른 자라는 나쁜 평판을 받겠지요.

* 자크 데리다, 앞의 책, 135쪽.
** 에마뉘엘 레비나스, 앞의 책, 53쪽.

내 몸의 사랑을
탕진하고
지금 당신을 만나

자본주의건 공산주의건 다 이렇게 명령합니다. 산 자여, 땀 흘려 일하라! 일은 꿈을 이루거나 가치 있는 삶을 위한 필요조건이라고 말하지요. 원시 인류는 굶주림과 영양실조에서 벗어나려고 종일 채집이나 수렵 활동에 전념했어요. 더 풍요로운 현대 사회에서도 사정은 크게 달라지지 않습니다. 산업혁명 이후 소비 지상주의 윤리가 보편화한 사회에서 누가 시키지 않아도 잉여의 노동을 감당했지요. 법정근로시간을 초과하는 야근과 잔업, 그리고 '투잡'을 하다 보니, 자기 착취를 하는 단계에 이르렀지요.

사람은 일만 하면서 살 수는 없어요. 우리는 사회의 무한 경쟁 속에서 살아남기 위해 지나치게 일을 하는 경향이 있지요. 야근과 잔업을, 그 과도한 노동시간을 자발적으로 떠맡지만, 메마른 의무로 주어진 일들, 그런 비자발적 노동으로 꽉 짜인 일상은 팍팍하고 광채 없는 날들이 되겠지요. 중노동은 내면의 발랄함을 삼켜버리고, 우리 존재를 무너뜨립니다. 휴식 없이 일만 한다면 몸은 물론이거니와 감정과 내면에도 과부하가 걸릴 게 틀림없어요. 일상의 평화와 자유를 깨트리고 막무가내 중단 없는 일로 내몬 것은 다름 아닌 우리 자신이지요.

일과 휴식 사이에 균형이 필요해요. 의학자들은 근육뿐만 아니라 대뇌도 쉼이 필요하다고 말하지요. 휴식이 대뇌의 부피

휴식은 능동적으로 자기 몸과 마음을 돌보는 시간, 생기발랄
한 삶을 위해 필요한 새로운 활력을 채우는 시간이지요. 그러
니 가끔은 빈둥거려보세요.

를 키우고 창의성을 향상시킨다는 연구도 있습니다. 당연히 철도 기관사나 트럭 운전사들이 제대로 쉬지 못하고 일할 때 사고의 위험성이 커지지요. 쉼의 필요 때문에 일요일도 생겨났을 테지요. 그러니 일요일에는 손에서 일을 놓고 느긋함을 즐기세요. 잘 쉬는 사람들은 미래의 행복을 위해 당장의 행복을 유예하지 않아요. 오히려 오늘의 행복을 위해 사소한 취향의 기쁨을 취하고, 멍 때리기, 붉은 와인 몇 잔의 취기와 우정, 산책 따위를 맘껏 누리세요. 주중에 일한다면 주말과 휴일에는 쉬면서 자신의 내면을 돌아보고, 고갈된 활력과 자유를 채워 넣으세요. 가족이나 벗들과 저녁 식사를 하고, 음악을 듣고 책을 읽으며 매이지 않은 시간을 보내세요. 길게는 먼 곳으로 여행을 떠나고, 취향에 맞는 활동에 전념할 수도 있겠지요. 휴식의 달콤함과 안락함을 탐닉하세요.

나는 비가 오나 바람이 불거나 맑거나 구름이 끼었거나, 날마다 책을 읽고 책을 씁니다. 쉬지 않고 글을 쓰는 이유는 이것이 직업이니까요. 신문과 잡지 몇 군데에 정기적으로 기고를 하고, 또 여러 매체의 청탁이 이어지기 때문에 쉴 틈이 없습니다. 그렇게 번 원고료와 인세로 생계를 꾸려가는 것입니다. 이 일이 쉽다고 할 수는 없습니다. 노동 강도가 만만치 않아요. 최선을 다해 일하지만 일에 부대끼고 소모되었다고 느낄 때 여행을 떠납니다. 멀고 낯선 곳으로! 지중해의 섬으로, 북유럽의 도시로, 가까운 오키나와나 먼 시드니로! 여행가방을 꾸리면서 벌써 여행에 대한 기대로 가슴이 벅차고 설렙니다. 여행은 우직하게 일한 나에게 내리는 포상 휴가지요. 휴식은 그냥 흘려보내는 무의미한 시간이 아니에요. 오스트리아의 사회학자 헬가 노보트니는 휴식이 자기만의 시간을 갖는 것이고, "나와 내 인생에서 중요한 것 사이의 일치"를 뜻한다고 말해요. 휴식은 능동적으로 자기 몸과 마음을 돌보는 시간, 생기발랄한 삶을 위해 필요한 새로운 활력을 채우는 시간이지요. 그러니 가끔은 빈둥거려보세요.

당신, 잘 있어요.

나	의								
종	달	새	에	게					

우리는 아름다움을 잃은 벌로 어른이 되고 맙니다.

어른이 될 때 우리 가슴속 어린 모차르트는 소리 없이 죽어요.

아니, 우리 스스로 어린 모차르트를 살해했는지도 몰라요.

우리는 우리 안의 별들을 우러러보는 어린아이, 노래하는 종달새,

혼절해도 좋을 만큼 기뻤던 놀이들을 빼앗겼어요.

아름다운 것은 빨리 사라집니다.

당신은 노래하는 종달새인가요? 물고기에게 헤엄을 가르칠 수 없듯이 종달새에게 노래하는 법을 가르칠 수는 없어요. 그 것은 본성이니까요. 백합의 꽃은 희고, 동백의 꽃은 붉습니다. 누가 백합에게 흰 꽃을 피우라고 가르쳤나요? 누가 동백에게 붉은 꽃을 피 우라고 가르쳤나요? 아무도 가르치지 않았죠. 그것은 본성이니까요. 종달새는 봄날의 연둣빛을 물고 오는 새이지요. 봄날 종달새의 노래 는 공중에서 운모雲母처럼 반짝이지요. 종달새는 하늘에 뿌리를 내리 고 피어나는 명랑한 꽃! 종달새가 청명한 하늘 높이 떠서 자기가 작 곡한 노래를 자랑스럽게 뿌릴 때, 나는 내가 미워하는 사람을 용서하 고 조금 더 착하게 살기로 결심을 합니다. 이것은 아름다움이 우리 안 에 일으키는 기적이지요.

어느 봄날
당신의 사랑으로
응달지던 내 뒤란에
햇빛이 들이치는 기쁨을
나는 보았습니다

어둠 속에서 사랑의 불가로
나를 가만히 불러내신 당신은
어둠을 건너온 자만이 만들 수 있는

내 몸의 사랑을
탕진하고
지금 당신을 만나

밝고 환한 빛으로 내 앞에 서서
들꽃처럼 깨끗하게 웃었지요.

아,
생각만 해도
참
좋은
당신.

— 김용택, 〈참 좋은 당신〉

　　당신이 "햇빛이 들이치는 기쁨"을 주었던 첫날도 그랬
습니다. 처음 당신을 본 순간, 아마 당신은 땅에서 나온 것 중에서 가
장 반짝거렸을걸요. 당신이 반짝이는 눈으로 — 오, 세상에나! — 나를
바라보고 미소를 지었을 때, 나는 눈[雪]과 바다의 친사촌처럼 반짝이
고 향기로운 당신에게서 눈을 뗄 수가 없었어요. "너는 바다의 딸, 꽃
박하의 친사촌이다. / 헤엄치는 사람, 당신 몸은 물처럼 순수하다. / 요
리사, 당신의 피는 흙처럼 상쾌하다. / 당신이 하는 모든 건 꽃으로 가
득하고, 땅과 함께 풍부하다."* 당신을 보았을 때 웬일인지 시냇물은
느리게 흐르고, 꽃들은 더욱 화사하고, 마침 피어난 라일락꽃 방향芳香
은 더욱 향기로웠지요. 당신의 화사함으로 천지간의 명도明度가 몇 도

더 높아진 것 같았는데, 폭죽처럼 연신 터지는 그 환한 빛 속에서 심장이 얼어붙었어요. 그 찰나, 나는 떨면서 당신만을 바라보았지요. 당신은 누구인가요? 당신은 어디에서 이렇듯 내 앞에 벙어리 장미꽃으로, 향기를 잃은 한 마리 백조로 와 있는 걸까요? 그 찰나는 온 우주가 당신만을 바라보는 듯했어요. 얼마나 흘렀을까요. 당신의 목소리가 내 고막을 두드렸어요. 한참 동안이라고 느꼈지만 그것은 찰나에 지나지 않았어요. 당신의 목소리는 노래가 되고, 그 노래가 내 안으로 흘러들어왔어요. 내 인생은 그 찰나를 기점으로 전과 후로 나뉘겠지요.

당신은 나를 놀라게 할 만큼 충분히 아름다웠지만 당신의 아름다움에 끌린 게 아닙니다. 당신의 아름다움이 내 존재를 통째로 집어삼켰어요. 헨리크 입센은 "아름다움은 내용물과 형식 사이의 계약이다"라고 했어요. 누군가에게 반하고 사랑에 빠지는 것은 미의 경이로움과 미지에 대한 끌림이 만드는, 티스푼 하나에도 미치지 못하는 호르몬의 장난질이지요. 사랑은 무엇보다도 상대의 매력에 대한 끌림입니다. 사랑하는 이에게 끌림은 당연한 일이겠지요. 당신의 아름다운 얼굴과 육체적 미는 가장 먼저 눈에 띄는 부분이에요. 당신의 교양과 품위, 상냥한 미소가 내 마음을 사로잡지요. 어느 정도 시간이 흘러 당신 내면의 미덕들, 솔직함, 개성의 찬란함 따위를 알아보

* 파블루 네루다, 정현종 옮김, 《100편의 사랑 소네트》, 문학동네, 2002, 52쪽.

겠지요. 나는 당신에게 흠뻑 빠져들었지요. 당신을 만남과 더불어 "당신이 나를 더 나은 사람이 되고 싶게 한다"는 사실을 알게 됐어요. 당신은 내게서 변화와 성장을 이끌어내는 신기한 재주를 가졌어요.

　　우리는 아름다움을 잃은 벌로 어른이 되고 맙니다. 어른이 될 때 우리 가슴속 어린 모차르트는 소리 없이 죽어요. 아니, 우리 스스로 어린 모차르트를 살해했는지도 몰라요. 우리는 우리 안의 별들을 우러러보는 어린아이, 노래하는 종달새, 혼절해도 좋을 만큼 기뻤던 놀이들을 빼앗겼어요. 아름다운 것은 빨리 사라집니다. 참 좋은 당신은 종달새, 바람의 여울목에서 활강을 하면서 노래하는 새. 봄날의 화관花冠을 쓴 당신은 아름다웠기 때문에 빨리 사라졌어요. 지나간 것들은 다시 돌아오지 않아요. 꿀벌들이 잉잉대는 봄이 아무리 자주 돌아와도 내 봄날 하늘에는 더 이상 당신이라는 종달새가 와서 노래하지 않아요. 적막하고 슬픈 일이지요.

　　당신, 어디에 있든지, 무얼 하며 살든지 간에
　　잘 있어요.

먹고 마신다는 행위

사람은 단지 배고파서 음식을 먹는 게 아니지요.

당신 마음을 들여다봐요. 마음이 늘 허기로 헐떡거리지 않나요?

먹는 것은 육체에 속하는 영역이지만

또한 마음의 허기나 불안과 관련이 있어요.

먹는 것은 인간 욕망의 큰 자리를 차지합니다.

한 끼 식사를 위해서도 무수한 살육이 선행되겠지요.

먹는 것에 관한 한 우리 욕망의 잔인성은 불가피합니다.

우리는 여행하면서 정말 다양한 음식을 먹습니다. 인간은 먹어야 사니까 먹는 게 새삼스러운 행위는 아니지요. 나는 음식을 가리지 않고 잘 먹습니다. 시드니에서 많이 먹은 것은 피시 앤드 칩스인데, 밀가루 반죽을 얇게 입힌 생선과 두껍게 채 썬 감자를 고열의 기름에 튀겨낸 음식이지요. 이곳 사람들의 주식 같은 것입니다. 타이 음식들, 두꺼운 쇠고기 스테이크, 입안에서 부드럽게 부서지는 생선 요리를 먹었어요. 라자냐와 리소토, 굴과 킹피시, 어린양의 허벅지 살이나 수조에서 방금 꺼낸 바닷가재 살을 회로 먹었어요. 날것과 익힌 것, 그 밖에 캥거루 고기같이 이제껏 한 번도 겪지 못한 이국적인 음식도 먹었어요. "먹는 것은 정치적이고 경제적이며 생태적인 행위이다."* 입으로 뭔가를 가져와 먹는 것은 본능적인 욕구, 일종의 의례, 사회적 삶의 한 형식, 관능적 즐거움의 실현이지요. 사람은 단지 배고파서 먹는 게 아니에요. 먹고 마시는 이 행위에는 많은 사회적 의미가 녹아 있는 것이지요.

우리가 시드니로 돌아오기 직전, 오클랜드의 한식당 '화로'에서 생갈비를 구워 저녁 식사와 함께 마신 황홀한 피노 누아 (도멘 자끄 까슈, 부르고뉴 루주 레 샹 다르장 2007Domaine Jacques Cacheux, Bourgogne Rouge Les Chammps d'Argent 2007) 몇 병의 추억은 살아가

---

* 미셸 푸에쉬, 심영아 옮김, 《먹다》, 이봄, 2013, 96~97쪽.

면서 힘들 때 견딜 수 있는 든든함이 될 거예요. 그날 저녁 식사 자리에 함께했던 남인숙, 최재호, 이중렬, 송지복⋯⋯. 이들의 얼굴을 하나씩 떠올려봅니다. 우리는 따뜻한 밥과 숯불에 구운 쇠고기를 먹고, 향기로운 레드와인을 마셨어요. 식사 자리의 분위기는 우호적이고 훈훈했어요. 호의를 베푸는 분들과 함께 음식을 먹는 것은 늘 즐거운 일이지요.

밥이 거저 입에 들어오는 경우는 없어요. 밥은 항상 도덕적 절차와 검증을 받아야 합니다. 예민한 양심을 가졌다면 누군가와 밥을 나누는 문제를 소홀히 여기지 않을 테지요. 밥은 개인의 욕망과 사회의 규범이 첨예하게 부딪치는 지점일지도 모릅니다. 누군가와 따뜻한 밥 한 끼를 나눔으로써 우리는 우정의 동맹체를 이루기도 하지요. 한자리에서 밥을 한 끼라도 나눠보면 그의 식성과 취향만이 아니라 사람됨의 전부가 적나라하게 드러나고 맙니다. 밥이 생명의 기반이고, 밥을 나누는 것에서 삼엄한 생명 윤리의 기초가 만들어진다는 증거겠지요.

불행을 가장하고 침침한 눈으로 자전字典을 펼친 자여,
그만 책상 앞에서 일어서라!

시는 살육 아니면 전쟁! 당신은 백 회 미만의 봄가을을 전별하고

내 몸의 사랑을
탕진하고
지금 당신을 만나

남획과 토벌로 얼룩진 길을 걸어왔다 처음부터 목적지가 정해진
건 아니었다 당신은 시나 쓰려고, 시나 잘 써보려고, 수만 끼니의
식탁들을 닦아내고, 사과 몇만 개를 따고, 우유 몇만 리터를 마셨
다……. 시를 빙자해 도살한 돼지의 목살과 항정살, 그리고 마늘
과 파와 시금치를 삼켰다 피와 근육을 위해 비애와 거짓말을 남
발했다 이제 밤은 밤으로 가지런해지고, 죽음은 죽음으로 깊어지
며, 장미는 장미의 아침으로 돌아가도록 놓아두라!

시는 얼음과 씨앗에서 오는 것,
단 한 편은 오지 않을 것!

— 졸시, 〈절필〉

　　사람은 단지 배고파서 음식을 먹는 게 아니지요. 당신
마음을 들여다봐요. 마음이 늘 허기로 헐떡거리지 않나요? 먹는 것은
육체에 속하는 영역이지만 또한 마음의 허기나 불안과 관련이 있어
요. 버섯들은 죽은 나무들을 먹어치우고, 짐승들은 먹이사슬에서 저
보다 더 아래 단계의 것들을 잡아먹어요. 짐승들의 이빨과 발톱은 늘
살이 찢긴 여린 것들의 피로 붉게 물들어 있지요. 먹는 것은 인간 욕
망의 큰 자리를 차지합니다. 한 끼 식사를 위해서도 무수한 살육이 선
행되겠지요. 오늘 아침 식탁에 올라온 잡곡밥과 가자미구이, 돼지고

기 장조림 따위는 다 산 것을 잡거나 가축을 도축해서 얻은 것들이지요. 먹는 것에 관한 한 우리 욕망의 잔인성은 불가피합니다.

　　　　무엇을 먹는 일은 심신 통합적인 의례지요. 생일, 백일, 결혼, 환갑, 희수, 장례, 제사 따위의 의례에는 늘 특정한 음식들이 따라오지요. 먹는 것은 육체적인 것일 뿐만 아니라 마음 저 밑바닥에서 일어나는 무의식의 충동과 욕망의 사태라는 뜻이지요. 생선이나 고기 따위의 육식에 대한 질긴 욕망은 마음의 일입니다. 한 줌에 지나지 않는 이 욕망은 아주 끈질긴 것이어서 우리가 죽어 땅에 묻힐 때 끝이 나겠지요. 물론 일을 하기 위해 위를 든든히 채워야 하지요. 내가 사과 몇천 개를 따고, 우유 몇만 리터를 마신 것, 도살한 돼지의 목살과 항정살, 마늘과 파와 시금치를 삼킨 것은 시를 쓰기 위해서였다고 변명할 수 있겠지요. 아니, 나는 피와 근육을 위해 비애와 거짓말을 남발했는지도 모릅니다. 이제 밤은 밤으로 가지런해지고, 죽음은 죽음으로 깊어지며, 장미는 장미의 아침으로 돌아가도록 놓아두어야 할 때지요.

　　　　여행이 끝나가면서 이별의 의식으로 여러 사람의 식사 초대를 받았지요. "곧 돌아가신다구요? 가시기 전에 식사 한번 하시죠." 이렇게 식사 초대를 받아 시드니에서 셰익스피어만큼이나 명성이 높은 옛 시인의 바닷가 집필실을 개조한 레스토랑에서 저녁을 먹

내 몸의 사랑을
탕진하고
지금 당신을 만나

고, 또 바닷가재 요리로 유명한 레스토랑에서 붉은 와인을 곁들여 한 가족과 식사를 했어요. 식사를 함께 나누는 사이 이별의 섭섭함은 얇아지고, 우리의 우정과 어린양 같은 무구함은 좀 더 깊어지겠지요. 여행은 끝났습니다. 우리는 내일 새벽 돌아가요.

당신, 잘 있어요.

몸은 리듬들의 꾸러미

오고 가는 계절에도 리듬이 있고,

눈썹처럼 가늘어졌다가 만삭 여인의 배처럼 둥글어지는

달의 차고 기욺에도 리듬이 있어요.

밤하늘의 성좌로 반짝이는 별들이나

늪지에서 울려오는 산개구리 울음소리,

갓 태어난 아기의 들숨과 날숨에 이르기까지

리듬은 우주에 넓게 퍼져 있어요.

우리는 파주 교하에 살아요. 여행이 끝나자 그 설렘이 가시기도 전에 벌써 다음 여행을 꿈꿉니다. 나간 길은 필경 돌아올 길. 핀 것은 지고 진 것은 다시 피어나듯이, 간 것은 오고 온 것은 다시 돌아가듯이. 당신은 저 먼 남반구에 있고, 우리는 북반구에 있습니다. 시드니에서 이륙한 비행기는 기류를 타고 시속 팔백 킬로미터로 열 시간 반을 날아 인천국제공항에 착륙합니다. 아, 우리는 돌아왔어요. 인천공항에 발을 딛자마자 낯익은 냄새와 함께 습기를 잔뜩 머금은 더운 공기가 훅, 하고 얼굴을 직격할 때, 겨울 한가운데로 떠났다가 다시 여름 한가운데로 돌아온 실감이 납니다.

우리가 여행용 트렁크 두 개를 끌고 등에 백팩을 메고 공항 밖으로 나와 택시를 타고 파주 교하에 도착했을 때는 어느덧 저녁이고, 곧 어두워졌어요. 이 북반구의 여름 저녁은 남반구에서 겪은 저녁과 밀도가 달라요. 남반구의 저녁이 일시에 덮친다면, 북반구의 저녁은 천천히 오지요. 북반구의 어둠은 남반구의 그것보다 훨씬 꼼꼼하게 땅을 짚으며 다가오지요. 이미 대지를 장악한 어둠 속에 층층나무들은 가만히 서 있어요. 드문드문 간격을 두고 서 있는 가로등만이 이 어둠에 안간힘을 다해 저항하고, 가로등의 원뿔형 빛 속으로 날벌레들이 부옇게 붕붕거리네요.

실내가 밀폐되어 있어서인지 공기가 무겁게 느껴졌어

요. 실내의 탁한 공기와 가라앉은 먼지들, 흐르지 않고 고여 있던 시간을 환기시키려고 창문을 열었어요. 아내는 베란다 화분들에 물을 주었어요. 목말랐던 화분의 초록 식물들이 환호작약하네요. 기쁨에 넘쳐 노래하는 베란다의 꽃나무들을 보니 식물이 벙어리라는 건 와전된 소문이었던 것이 틀림없어요. 테이블 위에 우편물이 가득 쌓여 있는 것 말고는 우리가 쓰던 가전제품들과 서가書架들, 그리고 방과 벽들은 우리가 떠날 때 그대로인데 어쩐지 낯설어 보여요. 이 낯섦이란 공간의 낯섦이자 공간화한 시간이 우리를 대하는 데면데면한 태도에서 비롯된 낯섦이지요.

일상으로의 복귀는 어디 한 군데 모호함 없이 자명합니다. 이 자명함 속에서 나날들은 월화수목금토로 분절되어 흘러가지요. 다시 조간신문이 배달되는 새벽 세 시 무렵 깨어서 사과 한 알을 먹는 것으로 일과를 시작합니다. 창밖은 어둡고 층층나무에 붙은 매미 우는 소리를 들으며 조간신문 두 개를 훑어본 뒤 랩톱을 켜고 어제 쓴 글을 들여다봅니다. 일상의 시간에는 리듬이 있어요. 양화量化한 시간이라고 다 똑같지는 않아요. 시간마다 다른 리듬과 법칙이 있어 분할과 구획이 가능해요. 우리에게 주어진 일상의 시간이란 무엇인가요? 그것은 자아의 가능성을 펼치고, 무엇인가 '하기'를 위한 장場입니다. 이 '하기'를 위한 시간에 리듬을 실어야 합니다. 선형적으로 운동하는 것이 반복을 품을 때 리듬이 발생하지요. 이를 풀어쓰면 다음

내 몸의 사랑을
탈진하고
지금 당신을 만나

과 같아요. "리듬이 존재하려면, 일정한 규칙 혹은 법칙 — 인지 가능한 방식으로 반복되는 긴 시간과 짧은 시간 — 에 따라, 휴지·침묵·공백·반복·간격의 규칙성에 따라, 운동 속에 강박temps fort과 약박temps faible이 나타나야 한다. 따라서 리듬은 질적으로 구별되는 차별적인 시간들, 반복과 단절, 재시작을 내포한다."* 일상을 가만히 들여다보면 우리는 끊임없이 많은 일을 반복적으로 수행하며, 이 반복의 규칙성은 수많은 재시작을 품고 있음을 알 수 있어요. 조간신문을 읽는 시간, 사과 한 알을 먹는 시간, 책상 앞에 앉는 시간, 아침 식사를 하는 시간은 거의 다 반복되는 습관이지요. 습관은 리듬의 반복을 고착시킨 것에 지나지 않아요. 반복되는 것은 운동의 맥락에 포획되는데, 이때 리듬의 진폭과 강약은 닮은 듯 다르게 나타나요.

일상의 리듬은 물결을 닮았어요. 작은 파도는 큰 파도에 삼켜지고, 앞 파도는 뒤에 오는 파도에 섞여 사라집니다. 바다마다 파도에 서로 다른 고유의 리듬이 있듯이, 우리 삶에도 저마다 다른 리듬이 있겠지요. 왜 아니겠어요. 우리 각자의 몸은 "리듬들의 꾸러미paquet"** 로 이루어졌지요. 흥겨운 음악이 나올 때 몸이 반응하는 것이 그 증거지요. 예닐곱 살이던 딸이 음악이 나올 때 춤을 추며 "엄마,

* 앙리 르페브르, 정기헌 옮김,《리듬분석》, 갈무리, 2013, 204쪽.
** 앙리 르페브르, 앞의 책, 215쪽.

들숨과 날숨, 심장 박동, 수면 패턴에 리듬이 작동하고 있어
요. 우리는 리듬들의 꾸러미들로서 나날의 리듬을 삼키고, 그
것으로 일상을 감싸는 옷감 안쪽에 무늬들을 찍어 넣습니다.

몸이 저절로 흔들려요"라고 얘기했던 게 잊히지 않아요. 사람의 몸이
란 육십조 개의 세포로 된 단백질 덩어리이자 리듬들의 꾸러미이지
요. 몸 안의 리듬들은 우리가 지각하든 그렇지 않든지 간에 생체적이
고 생리적인 것의 리듬들과 조응照應해요. 들숨과 날숨, 심장 박동, 수
면 패턴, 이것들에 리듬이 작동하고 있어요. 우리는 리듬들의 꾸러미
들로서 나날의 리듬을 삼키고, 그것으로 일상을 감싸는 옷감 안쪽에
무늬들을 찍어 넣습니다. 몸속 장기들이 부정형 리듬을 보여줄 때 이
것은 질병의 신호이지요. 리듬은 각 존재의 양태 그 자체를 드러내는
것이지요. 의사가 환자의 몸에 청진기를 대고 주의 깊게 살피는 것은
바로 이 리듬의 강약과 장단과 규칙성, 즉 리듬의 패턴이지요. 의사는
몸속 장기가 보내는 리듬이라는 신호를 통해 질병의 유무를 판단하려
는 것이지요.

　　　　　밤이 지나고, 다시 새벽이 오네요. 창밖이 소란스럽더
니 이내 빗방울이 후드득 떨어집니다. 여름 나무의 검푸른 잎들과 무
뚝뚝한 도로에 떨어지는 빗방울들은 마치 풋살구가 떨어질 때처럼 후
두두 하고 소리를 내지요. 여름의 종말을 예고하는 새벽 비네요. 몸이
먼저 가을의 전조를 느낍니다. 곧 여름이 끝나리라는 것, 그리고 가을
의 시작을 알리는 이 비에도 우주의 리듬이 숨어 있어요. 오고 가는
계절에도 리듬이 있고, 눈썹처럼 가늘어졌다가 만삭 여인의 배처럼
둥글어지는 달의 차고 기욺에도 리듬이 있어요. 밤하늘의 성좌星座로

반짝이는 별들이나 늪지에서 울려오는 산개구리 울음소리, 갓 태어난 아기의 들숨과 날숨에 이르기까지 리듬은 우주에 넓게 퍼져 있어요. 우리 몸은 저 바깥에 있는 것의 리듬에 반응합니다. 우리 몸은 살아 있는 천지 만물뿐만 아니라 사회 제도, 국가 단위의 리듬에도 영향을 받아요. 이것의 리듬이 뒤틀리거나 어긋나면서 병리 현상을 보일 때 우리 몸속의 리듬도 흐트러지고 어긋나지요.

우리 몸은 우주가 순환하면서 드러내는 리듬에 감각적으로 반응해요. 여름에서 가을로 넘어가는 계절의 변화에 기분이 미묘하게 달라진 것도 내 몸이 안고 있는 생체 리듬 때문이겠지요. 입추와 말복 지난 뒤 더위는 한풀 꺾이고, 가을이 성큼 다가오겠지요. 여름의 리듬이 끝나고 가을의 리듬이 새로 시작되는 것이지요. 우리는 파주로 돌아와서 일상의 리듬을 되찾고 있어요. 나는 척추만곡증을 앓으며 날마다 여덟 시간씩 읽고 씁니다. 척추만곡증은 오랫동안 책상 앞에 엎드려 일하느라 생긴 직업병이지요. 책을 읽고 쓰는 일은 몸의 리듬을 타고 반복하는 일이지요.

우리는 여름이 끝나갈 때 빌리 조엘의 노래를 듣거나 리 오스카의 '샌프란시스코 베이'를 들을 거예요. 혹은 헤이리의 '카메라타'에서 종일 고전음악을 듣다 돌아오는 날도 있겠지요. 온 누리에 쏟아지던 황금빛 여름 햇살이 자취를 감추고, 시인들이 총애하는 복숭아들의 황금시대는 끝나갑니다. 곧 가을이에요. 우리는 여름의 묘약을 잃고, 부쩍 줄어든 일조량 때문에 경미한 우울증을 앓겠지요. 나는 집 건너편 교하도서관이나 '커피발전소', 혹은 출판도시에 있는 카페 '행간과여백'을 드나들며 책을 읽거나 몇 줄 문장을 쓰기도 하겠지요.

멀리 있는 당신에게 안부를 전합니다.
당신, 잘 있어요.

가	슴		뛰	는					
삶	을		사	세	요				

산다는 것은 곧 꿈꾸는 것이고,

그 꿈을 위한 도전의 연속이지요.

꿈꿀 줄 아는 능력이야말로

사람이 사람으로 구별되는 척도입니다.

동물은 배를 채우는 것으로 만족하지만

사람은 그에 그치지 않고 그 너머를 꿈꿉니다.

당신이 내게 어떻게 살 것인가에 대해 진지하게 물었을 때, 이십 대인 당신이 그런 물음을 안고 삶의 의미를 찾고자 깊이 생각하는 것은 좋은 태도라고 여겼습니다. 삶에는 정답이 없어요. 그저 수많은 선택지가 있을 뿐이지요. 어느 길이 더 좋다고 말하기는 어렵습니다. 많은 책을 섭렵하고, 가능하면 낯선 곳으로 여행을 떠나보세요. 성급하게 안정을 쥐려는 태도를 경계하세요. 불꽃같은 사유로 타오를지언정 자신을 불에 바치지는 말아요. 독수리처럼 높이 날고 멀리 보세요. 세상이라는 금단의 바다에서 당신만의 모비 딕, 흰 고래를 찾고 그것을 좇으세요.

지금은 여름의 끝자락입니다. 한여름 태양이 뿜어내는 황금빛 열기 속에서 나무들은 푸르고 무성하게 성장하지요. 여름 숲은 태양의 단련 속에서 울울창창해지지요. 사람들은 한여름의 번쩍이는 빛과 더위를 피해 숲과 그늘을 찾습니다. 숲속의 서늘한 오솔길을 걸을 때 내 기쁨은 오롯해집니다. 나는 이 울울창창한 숲을 키운 것이 바로 태양이라는 사실을 잊었어요. 오, 여름의 타오르는 빛들이여, 내 삶의 기쁨들이여!

여름의 숲속에서 잘 사는 것은 어떤 것인지를 숙고합니다. 오랫동안 가슴에 품은 화두인데, 나는 매번 가슴 뛰는 삶을 사는 것이 잘 사는 것이란 결론에 이릅니다. 우리는 꿈을 이룰 때 생의 보람과 기쁨을 거머쥘 수 있어요. 꿈꿔라! 그 꿈을 위해 두려움을 떨치고 나아가라! 꿈은 의지나 욕망의 시작점이지요. 산다는 것은 곧 꿈꾸는 것이고, 그 꿈을 위한 도전의 연속이지요. 꿈꿀 줄 아는 능력이야말로 사람이 사람으로 구별되는 척도입니다. 동물은 배를 채우는 것으로 만족하지만 사람은 그에 그치지 않고 그 너머를 꿈꿉니다.

우리는 태어나는 순간부터 주어진 환경 속에서 살아남기 위해 비슷한 부류와 경쟁을 하지요. 아기는 울음으로써 배고픔을 호소해요. 아기가 울음으로 엄마의 주의를 끄는 것은 제 안의 동물적 감각이 시키는 짓이지요. 이 동물적 감각은 진화 과정에서 만들어졌겠지요. 살아남음은 생명이 취해야 할 첫 번째 소명이지요. 사람은 성장해서도 생물학적 필요와 갈망하는 것을 채우고 얻기 위해 애써야 합니다.

삶은 연습이 없고, 단 한 번 치열한 실전만이 있을 뿐입니다. 라이너 마리아 릴케는 "인생에 초보자를 위한 수업은 없다. 시작부터 바로 가장 어려운 일을 해내야 하기 때문이다"라고 말하지요. 누구나 인생의 '초보자'로 출발해요. 그러니 불가피하게 실패와 시행착오를 겪을 수밖에 없습니다. 실패의 경험에서 '효과의 법칙'들을 찾을 수 있다면 그것은 삶의 자산으로 바뀌지요. 사실 오늘의 나를 만든 것은 재능이나 성공의 열매들이 아니라 오히려 실패와 시행착오인지도 몰라요.

더 많이 꿈꾸고 가슴 뛰는 일을 찾으라! 꿈이 사라지면 감정은 메말라 증발합니다. 기쁨도 열정도 없이 타성에 젖은 채 사는 것은 결국 후회를 낳아요. 가슴 뛰는 일이야말로 재능과 열정을 다 쏟아부을 수 있는 일이지요. 가슴 뛰는 일이야말로 영혼을 담아 매진할 수 있는 천직이지요. 영혼을 담아 할 수 있는 일들은 타인이 강제하지 않는 자발적 노동이지요. 타인의 요구에 따르는 비자발적 노동은 우리 내면을 권태로 물들이고, 그 시간은 한없이 늘어집니다.

분명한 것은, 삶과 역사는 도전과 응전으로 이루어진다는 점이지요. 더 높은 꿈을 향해 나아가지 않고 현실에 안주한다면, 인생은 금세 지루하고 밋밋해집니다. 바다를 단번에 만들려고 해서는 안 돼요. 바다를 만들기 전에 먼저 작은 시냇물부터 하나씩 만드세요. 그것이 어학 공부이든 자기계발이든 시작을 하세요. 어떤 성취의 기쁨을 맛보고 싶다면 실패에 대한 두려움을 떨쳐내야 해요! 실패하더라도 더 많이 시도하세요! 가슴 뛰는 일들을 꿈꾸고 뜨겁게 갈망하세요! 자신의 일에 집중하고 영혼의 전부를 거세요!

당신, 잘 있어요.

추	억	이		없	는		사	람	은	
가	난	한		사	람					

추억이 없는 사람은 가난한 사람입니다.

추억이 없다면 우리는 그저 빈 포도주통이나

마찬가지일 거예요.

추억은 고통을 경감시켜주는 진통제 같은 것이지요.

우리는 단절된 현재를 사는 것이 아니라

과거에 잇대인 현재를 삽니다.

추억은 과거가 우리 안에 살아 있다는 증거이지요.

이른 저녁 식사를 마치고 산책에 나섭니다. 한낮 땡볕은 여전히 기세가 사납지만 저녁 바람결은 달라졌어요. 가느다래진 매미 울음소리에서 여름이 막바지를 향해 치닫고 있음을 직감합니다. 풀숲에서 우는 풀벌레 소리도 가냘프네요. 파주의 여름이 끝날 때, 우리는 똑같은 여름이 다시 돌아오지 않을 것을 알아요. 계절과 계절이 바뀌는 이맘때면 멜랑콜리들이 몰려와 기분이 쓸쓸한데요, 이 쓸쓸함은 기쁨의 찬란함 속에서 태어나는 것이라 마냥 쓸쓸하기만 한 것은 아니지요. 이 기쁜 쓸쓸함과 멜랑콜리는 영원히 사라지는 날들이 주는 선물입니다. 어쨌든 삶의 무상감이랄까 그런 게 더 깊어지고, 더위에 지쳐 사나와진 마음도 다소 유순해져요.

심학산 왼쪽으로 저 멀리 시선 가는 데까지 넓게 펼쳐진 하늘에 노을과 구름이 뒤엉켜 있는데, 어떤 기시감$^{déjà\ vu}$ 때문에 한참 동안 서서 바라봅니다. 언젠가 저와 똑같은 저녁 하늘을 바라보며 가슴이 아릿해졌던 기억이 있는 듯합니다. 저녁 하늘은 공활하고, 저기 어딘가에 우리가 잃어버린 것들을 보관하는 유실물 센터가 있을 듯하지요. 그 유실물 센터에서 찾을 수 있는 것은 어린 시절의 집과 어머니, 쓸쓸했던 어느 저녁과 가난, 고등학교 때 학업 중단과 첫 가출, 동해안 횟집에서 처음 먹은 고추냉이의 맛, 여름비 냄새, 열일곱 살 때 처음 먹은 자장면의 맛, 첫사랑이던 옆집 여학생, 중학생 때 쓰던 일기장, 오랫동안 만나지 못하고 소식이 두절된 어릴 적 친구들,

거의 희미해진 모유의 맛에 대한 기억들이겠지요.

사람들은 그 잃어버린 것들을 뭉뚱그려서 추억이라는 이름을 붙이는데요, 추억의 달콤함은 어제에 대한 동경인 것이지요. "그 시절이 좋았어! 그땐 우리도 젊었었지." 추억은 우리 뇌에 희미한 흔적으로 굳어진 그 시절의 잔존 기억들이지요. 나이 든 사람이 과거를 돌아볼 때 가장 많이 떠오르는 게 열다섯 살부터 서른 살까지의 기억이라고 합니다. 심리학자들은 이런 현상을 '회고 절정reminiscence bump'이라고 해요. 추억이 일종의 상징 재화라면 추억이 없는 사람은 가난한 사람입니다. 추억이 없다면 우리는 그저 빈 포도주통이나 마찬가지일 거예요. 추억의 효능은 무엇일까요? 그것은 고통을 경감시켜주는 진통제 같은 것이지요. 우리는 단절된 현재를 사는 것이 아니라 과거에 잇대인 현재를 삽니다. 추억은 과거가 우리 안에 살아 있다는 증거지요. 우리는 먹고 마신 것, 소유한 물건들, 지나온 여름과 가을들, 우리 오감을 통해 경험한 것들의 총체입니다. 그 이상도 이하도 아니지요. 우리는 그 기억에 달라붙어 사는 추억 – 인간들입니다.

감정이 풍부한 사람이 더 많은 것을 기억한다고 해요. 우리 뇌에는 천억 개 이상의 뉴런과 백조 개의 접합부가 있고, 신경세포가 활성화해서 화학적 신경전달물질이 분비되면서 뉴런 사이의 새로운 결합을 만듭니다. 어느 순간의 감각적 인상들이 다양한 부위에 남아 있다가 신경전달물질과 함께 전기 신호를 보내면 해마가 이 신호들을 하나의 다발로 묶는데, 이때 기억이 생성되는 것이지요. 과거 기억을 관장하는 것은 뇌의 중앙 측두엽에 있는 해마와 편도체로 알려져 있는데요, 뇌에서 특정 기억들만 담당하는 부위는 없다고 해요. 오감을 통해 얻은 감각적 기억들이 장기 기억으로 저장되기 전 대뇌 변연계를 통과하고, 해마가 장기 기억으로 남을 것들을 결정하며, 편도체는 이 경험들에 감정적인 도장을 찍어준다고 해요. 편도체에 저장된 감정 경험은 우리가 애쓰지 않아도 더 오래 기억됩니다. 감정이 기억의 자양분이 되기 때문이죠. 해마나 편도체를 제거하면 자서전적 기억은 다 날아가버리고 더는 아무것도 기억하지 못하게 됩니다. 사실 우리가 산다는 것은 기억의 동일성이라는 지속에서만 가능한 것이지요.

저무는 하늘에 황혼이 짙어지네요. 곧 땅거미가 지고 어둠이 내리겠지요. 파주 교하 일대의 주택들 사이 나대지를 일궈 만든 텃밭엔 옥수수와 콩과 깨와 고구마와 호박 들이 자라고, 토란과 도라지와 가지 들도 드문드문 보이네요. 텃밭과 텃밭 사이에 해바라기도 서 있어요. 개망초와 달맞이꽃과 메꽃과 피마자와 까마중도 섞여 있어요. 이 흔한 풍경이 주는 위안은 특별한 것입니다. 우리는 주택가를 지나 빈 소택지와 텃밭들을 지나 잡초가 우거진 빈 들을 지나 버드나무로 둘러싸인 하천이 흐르는 다리 쪽으로 걸어갑니다. 넓은 미개

장석주 산문집

발지를 가로지르는 이 하천은 파주출판도시의 자연하천에 이어지는 지천입니다.

> 월부月賦 천이 장사의 월부 천이에 쌓여 업혀서
> 칭얼대던 어린것은 엄마 등에 잠들고
>
> 하늘 끝 검우야한 솔무더기 위에는
> 내 학업의 중단을 걱정하시던
> 돌아가신 아버지의 반쯤 돌린 야위신 얼굴.
>
> 왜 그 여자 월부 천이 장사의 느린 신발 끄는 소리가 들리지 않는가.
> 다 닳은 흰 고무신발 끄는 소리가 인제 들리지 않는가.
> 누가 영 밑천이 안 되게 아주 떼어먹어버렸는가.
> 왜 그 흰 고무신 끄는 소리마저 이 가을은 들리지 않는가.
>
> — 서정주, 〈어느 가을날〉

파주는 여름의 끝에 와 있습니다. 지난여름 폭염의 위세는 대단했지만 새로 오는 계절에 무릎을 꿇고 말겠지요. 여름의 절정은 지나가고, 어디선가 석류가 익어가고 산기슭에는 구절초가 무더

내 몸의 사랑을
탕진하고
지금 당신을 만나

사람들은 잃어버린 것들을 뭉뚱그려서 추억이라는 이름을 붙입니다. 추억의 달콤함은 어제에 대한 동경인 것이지요.

기로 피어나 소슬한 바람에 흔들리겠지요. 시인 서정주는 가없이 펼쳐진 맑고 푸른 가을 하늘에서 월부 천이 장사의 신발 끄는 소리를 들었는데요, 등에 칭얼대는 아이를 업고 월부 천이를 팔러 다니던 여자의 기억도 시인의 추억 일부였겠지요. 무더위 속에서 잃었던 입맛이 돌아와 파릇해지지요. 몸이 한결 가뿐해지면서 두툼하게 썬 민어회, 묵은지 고등어찜, 코를 톡 쏘는 삼합 따위 기름진 음식들에 부쩍 식욕이 동하는 것도 이맘때죠. 이 돌아온 식욕과 미각은 여름 더위에 시달린 몸이 저를 추스르려는 본성이 발동한 탓이겠지요. 내일은 임진강 부근 민물장어집에 가서 살 오른 민물장어 몇 마리나 구워 먹고 돌아올까요.

나는 당신이 어디에 살고 있는지 모릅니다.
당신, 잘 있어요.

내		인	생	의					
첫		가	을						

여름이나 젊음의 특징은 다 싸가지가 없다는 점이지요.

둘 다 혈기 방장하지만 다스리지 못한다는 점에서

"우스꽝스러운 가장행렬"의 시기지요.

인생이 늘 울울창창한 여름일 수는 없어요.

저 개간지 너머로 해가 집니다.

가을의 서늘함이 천지간을 채울 때,

늙은 버드나무의 노랗게 물든 잎이 물에 떠가지요.

눈[雪]과 죄로 음습했던 계절을 지나 산벚꽃 진 뒤 태풍과 함께 왔던 여름도 끝났어요. 여름엔 쌀독이 비는 것, 시작하는 일과 실패 따위를 조금도 두려워하지 않았어요. 제도와 족보, 도덕과 관습에 반항하고, 새벽 풀숲에서 떨어진 별을 주우며 불가능을 꿈꾸었지요. 젊음이란 잔고가 두둑했으니 그걸 믿고 방종에 빠졌던 것이지요. 랭보같이 "바람구두를 신고" 겁 없이 "해진 호주머니에 손을 찌르고" 세계를 다 떠돌 기세였으나, 목포나 군산 선창가 언저리를 하루나 이틀쯤 헤매다가 돌아왔어요.

우리에게 주어진 시간이라는 선물은 우연으로 이루어진 세계지요. 우리는 세계가 준 선물을 들고 각각의 찰나를 뚫고 지나가지요. 아직 젊었을 때 행위, 열정, 지식을 다 털어 넣어 운명의 불꽃을 짜느라 골몰했으나, 나는 순진무구하지 않았지요. 젊음의 질병, 젊음의 나태함, 젊음의 추악함에 대해서라면 할 말이 많아요. 젊은 시절엔 예의 없고, 파렴치하며, 막돼먹은 존재로 거들먹거렸지요. 여름이나 젊음의 특징은 다 싸가지가 없다는 점이지요. 둘 다 혈기 방장하지만 다스리지 못한다는 점에서 "우스꽝스러운 가장행렬"의 시기지요. 인생이 늘 울울창창한 여름일 수는 없어요. 저 개간지 너머로 해가 집니다. 가을의 서늘함이 천지간을 채울 때, 늙은 버드나무의 노랗게 물든 잎이 물에 떠가지요.

내 몸의 사랑을
탕진하고
지금 당신을 만나

주여, 때가 왔습니다. 지난여름은 참으로 위대했습니다.

당신의 그림자를 해시계 위에 얹으시고

들녘엔 바람을 풀어놓아주소서.

마지막 과일들이 무르익도록 명하소서.

이틀만 더 남국南國의 날을 베푸시어

과일들의 완성을 재촉하시고, 독한 포도주에는

마지막 단맛이 스미게 하소서.

지금 집이 없는 사람은 이제 집을 짓지 않습니다.

지금 혼자인 사람은 그렇게 오래 남아

깨어서 책을 읽고, 긴 편지를 쓸 것이며,

낙엽이 흩날리는 날에는 가로수들 사이로

이리저리 불안스레 헤맬 것입니다.

— 라이너 마리아 릴케, 〈가을날〉, 《형상시집》(1902)

　　　　하얀 화염이 쏟아지던 여름이 끝나고, 매미 울음소리
는 뚝 그쳤어요. 가을의 유혈목이는 독이 오르고, 말벌은 인정사정없
이 사나워집니다. 가을은 인생으로 치자면 장년기겠지요. 알알이 여
문 수수 머리를 잘라내고, 대추나무 가지마다 다닥다닥 달린 붉은 대

추를 따내려야 해요. 천지간에 들이닥친 이 가을은 항상 내 인생의 첫 가을이지요. 포도 수확이 끝나 포도원은 텅 비고, 석류나무에서 석류들이 익어 이마가 빠개지며 홍보석 같은 속을 드러냅니다. 나는 세계를 다 움켜쥘 듯 욕심을 부렸으나 결국 헛된 갈망이라는 걸 알겠지요. 숨결을 갖고 사는 동안 배운 것은 평원 위로 뜨는 달의 고결함, 뱀이 꿈틀거릴 수 있는 권리, 말없이 많은 말을 하는 키스, 초연하고 순결한 4월의 비, 영원 속을 지나가는 여름…… 정도겠지요.

아직 여름이 제 화살통을 다 비운 건 아니지요. 여름이 퇴각하며 도처에서 마지막 전투를 치를 때, 해는 뒷덜미를 뜨겁게 지져요. 해는 할 일이 남았다는 듯 며칠 동안 남아 남국의 날을 베풀고, 저 햇살로 말미암아 여름 끝물 과일과 독한 포도주에 단맛이 들 테지요. 떠날 자는 서둘러 떠나고 남을 자는 남겠지요. 한적한 동네를 지나는데, 어디선가 낮닭이 길게 울었어요. 이 대낮에 수탉은 왜 울까요? 이 가을 오후 수탉이 목을 빼 울기 위해 올빼미에게 허락을 구하지는 않았을 테지요. 나는 돌연한 수탉 울음소리에 기분이 좋아졌습니다.

찬바람이 일렁이는 가을의 들머리에서 릴케의 시를 읊조릴 때 가슴은 떨렸어요. 릴케의 시가 삶은 잃는 일보다 더 깊고, 무언가를 거머쥐는 손보다 더 고결함을 일깨워줬으니까요. 나는 여럿

이면서 하나이고, 동시에 하나이면서 여럿이지요. 파도가 조각이면서 더 큰 바다의 일부분이듯이. 나는 이 세계를 헤매는 자이면서 헤매지 않는 자이지요. 저 빈 옥수숫대를 흔들며 지나가는 바람같이. 만물은 증식하면서 또 다른 부분에서는 잘라내요. 진짜로 생각한다는 것은 생각하지 않는 것이지요.

높은 나뭇가지는 가장 빨리 바람을 맞고, 바람을 타고 높이 나는 새는 가장 멀리 봅니다. 세상에 그 무엇이 저절로 이루어지던가요? 과일은 심고 거둔 자들의 땀방울과 인고, 낮과 밤, 찬이슬과 서리가 깃들어 그것을 익히겠지요. 공기가 차가워지는 가을밤은 나를 이마에 칼자국이 난 채 돌아온 탕자로 만들어요. 가을밤은 살아온 날을 겸허하게 돌아보고 고요한 걸음걸이로 나아가야 할 때라고, 타인에게 폐를 끼치는 혼란과 시행착오는 용납할 수 없다고 말하지요. 인생의 원숙함이 무수한 실패와 혼란과 시행착오를 딛고 이룬 결과라면 가을도 그렇습니다. 가을엔 혼돈과 부조리를 다 겪고 탕약같이 쓴 날을 견딘 자의 상처가 어느덧 아물고, 눈은 지혜로 깊어지겠지요.

이 가을엔 먹고 마시며 노래하는 기쁨을 미루지 않겠어요. 낮엔 이깔나무와 갈참나무가 우거진 산림욕장에서 보내고, 밤엔 요절한 시인의 시집을 읽겠지요. 가장 좋은 것과 가장 나쁜 것을 분별하며, 쾌락과 고통으로 내면을 깊게 하겠지요. 나를 그리움이라는 질병에 방치한 것은 너였구나, 너였구나! 백치와 몽상가에게 관대해지고, 나 자신에게는 엄격해질 것입니다. 어떤 의혹과 확신이 깊어져도 괜찮아요. 지금은 가을이니까요! 지금은 뿌린 자만이 거둘 시각. 밤이 다가오고 있어요. 지금은 시간을 낭비할 때가 아니에요. 가난한 숲과 작은 개울을 위해 휘파람을 부세요! 진실한 연인과 헤어지는 기쁨을, 슬픔을 인생의 재화로 삼을 기회를 놓치지 말아요!

잘 있어요, 당신.

내 몫의 사랑을
탕진하고
지금 당신을 만나

추	위	가		매	워	야			
봄	꽃	이		화	사	하	다		

지금 이 순간에도 매화나무는 혹한을 견디며

꽃눈을 두툼하게 키우고, 튤립 같은 구근식물은

땅속뿌리에서 싹을 틔울 준비가 한창이지요.

매운 추위라야 봄꽃이 더 화사하게 피어나는 법이지요.

화사한 봄꽃들이 혹한과 싸워 이긴 승리의 전리품이 아니라면

무어란 말인가요!

경기도 북부에 있는 파주 교하로 거처를 옮겨 첫 겨울을 맞았어요. 교하의 평평한 들을 덮은 한해살이 초본식물이 서리를 맞고 시들어 헐거워진 무릎을 꺾으며 가을이 끝났지요. 곧 겨울이 닥쳤지요. 지구의 자전축이 태양에서 먼 쪽으로 기울어 있기 때문에 북반구에 햇빛이 약해지고 동절기가 온다는 사실을 모르지 않지만, 올겨울은 유난히 눈도 잦고 한파도 자주 몰아치네요. 한파경보와 폭설주의보에 귀를 기울이며 겨우내 실내에 갇혀 겨울을 납니다. 영하 이십 도의 혹한이 이어질 때 교하에서 바라보는 한강 하구 일대는 북극의 바다처럼 얼음덩이로 뒤덮였어요. 강가에 나가 건물 잔해처럼 나뒹구는 얼음덩이들이 펼치는 낯선 풍경을 하염없이 보다가 돌아오는 날도 있습니다. 노숙자가 동사했다는 비보가 전해진 날, 한뎃잠을 자다가 얼어 죽은 길고양이도 드물지 않지요. 고라니나 멧돼지 같은 야생동물이 언 땅에서 먹잇감을 찾지 못해 인가까지 내려옵니다. 이래저래 겨울은 네 발로 움직이는 동물이나 두 다리로 걷는 사람에게 두루 견디기 힘든 시련과 역경의 계절이지요.

사람이나 동물만 이 혹한을 견딘다고 생각하지만 풀과 나무도 한자리에 뿌리를 내리고 묵묵하게 겨울을 납니다. 나무는 어떻게 이 겨울을 견디고 살아남는 걸까요? 나무는 내부에 수분이 많아 얼 수도 있을 텐데, 영하 이십 도 추위에도 얼지 않고 겨울을 난다는 게 신기하지요. 낮이 점점 짧아지면서 빛이 약해지는 신호를 받고

내 몸의 사랑을
탕진하고
지금 당신을 만나

나무들은 월동 채비를 해요. 활엽수는 잎을 다 떨궈 에너지 낭비를 최소화하지요. 그리고 "세포벽의 투과성이 극적으로 증가해서 순수한 물은 흘러나오고 세포 안에 남은 당, 단백질, 산이 농축"*된다고 해요. 아무 불순물이 없는 순수한 물은 얼지 않지요. 부동액이 얼지 않는 이치가 그것이지요. 살아 있는 유기체 거의 모두가 그렇듯이 나무는 내부가 물로 채워진 상자지만 그 액체가 순수한 상태여서 얼음 분자가 결정을 형성하지 못한다지요.

식물의 씨앗이 보여주는 기다림은 탄성이 나올 정도예요. 가을로 접어들며 초목들은 수백 개에서 수만 개의 씨앗을 제 발치께에 떨어뜨리는데, 씨앗은 단단한 껍질에 둘러싸여 배아가 함부로 자라지 못하는 구조지요. "씨앗 안의 배아는 자라기 시작하면 일단 허리를 굽히고 기다리던 자세를 곧게 펴서 오래전부터 기다려온 형태를 정식으로 띠기 시작한다. 복숭아씨, 혹은 참깨씨나 겨자씨, 호두씨 등을 둘러싼 딱딱한 껍질은 이런 팽창을 방지하려고 존재한다."** 씨앗이 땅에 떨어지는 순간부터 배아는 딱딱한 껍질 속에서 긴 기다림을 시작하지요. 운이 좋으면 일 년 만에 싹을 틔워 식물의 한 생애를 펼치지만, 많은 씨앗이 기회를 엿보다가 사라지지요. 중국의 토탄 늪지

* 호프 자런, 김화정 옮김,《랩걸》, 알마, 2017, 275쪽.
** 호프 자런, 앞의 책, 51쪽.

에서 나온 어떤 연꽃 씨앗의 배아는 이천 년 만에 과학자의 도움으로 껍질이 벗겨지자 싹을 틔워 놀라게 했습니다. 연꽃 씨앗은 싹을 틔우려고 무려 이천 년을 기다렸던 셈이지요.

　　씨앗은 껍질을 깨야만 싹을 틔우고 꽃을 피우며 열매를 맺을 수 있지요. 씨앗은 생의 순환을 겪기 위해 오래 기다려야 합니다. 저 울울창창한 숲은 작은 씨앗의 기다림에서 시작된 것이지요. 초목들은 지구상에서 공룡이 멸종하고 지구가 몇 번이나 빙하기를 거치는 동안에도 죽지 않고 살아서 도처에 숲을 이루며 번성했어요. 그 번성이 작은 씨앗의 분투에서 시작되었다는 사실을 잊지 말아요. 아름드리 떡갈나무도 배아에서 싹을 틔워 자라난 결과일 뿐이지요. 그러나 무수한 씨앗들은 운이 나빠 싹을 틔울 단 한 번의 기회를 잡지 못한 채 죽음을 맞아 사라지지요. 우리도 기다림 속에서 도약의 기회를 엿본다는 점에서 씨앗과 별반 다를 바 없지요.

　　식물이 환경에 순응하며 인고와 복종과 침묵으로 일관하는 걸로 알지만 식물만큼 자기 숙명과 싸우는 존재는 드물지요. 붙박이로 자라는 식물이 침묵 속에서 싸움을 펼치는 까닭에 그 격렬함을 미처 눈치채지 못할 뿐이죠. 식물은 땅속으로 뿌리를 뻗고 물과 자양분을 끌어다 줄기로 퍼 나르지요. 지금 이 순간에도 매화나무는 혹한을 견디며 꽃눈을 두툼하게 키우고, 튤립 같은 구근식물은 땅속뿌

내 몸의 사랑을
탕진하고
지금 당신을 만나

씨앗은 껍질을 깨야만 싹을 틔우고 꽃을 피우며 열매를 맺을
수 있어요. 우리도 기다림 속에서 도약의 기회를 엿본다는 점
에서 씨앗과 별반 다를 바 없지요.

리에서 싹을 틔울 준비가 한창이지요. 매운 추위라야 봄꽃이 더 화사하게 피어나는 법이지요. 화사한 봄꽃들이 혹한과 싸워 이긴 승리의 전리품이 아니라면 무어란 말인가요!

　　우리는 환경에 맞서 싸우는 저 식물들의 용기와 지혜에 대해서 잘 모릅니다. 현호색, 복수초, 양지꽃, 노루귀, 산달래, 변산바람꽃, 개불알꽃, 제비꽃, 패랭이꽃, 민들레 같은 야생 풀꽃조차 한자리에 붙박인 채 저를 짓누르는 숙명과 맞서지요. 그러지 않고서는 살아남을 수 없기 때문이지요. 그리고 동백, 모란, 작약, 산수유, 풍년화, 목련, 영산홍, 개나리, 진달래, 매화나무, 벚나무, 살구나무, 앵두나무, 배나무같이 가지를 뻗어 꽃을 피우는 초목도 맹추위 속에서 꽃 피울 준비를 하고 있어요. 가만히 들어봐요. 초목이 속삭이는 말들이 여기저기서 들려요. 헤르만 헤세는 〈봄의 말〉에서 그 말을 받아 적었어요. "어린애들은 알고 있다. 봄이 말하는 것을. // 살아라, 자라라, 꽃 피라, 희망하라, 기뻐하라, 새싹을 내밀라. // 몸을 던지고, 삶을 두려워하지 말라!" 오늘은 입춘입니다! 추위가 기세등등해도 겨울은 물러나고, 곧 누리에 봄이 오겠지요!

　　파주 교하에서 첫 겨울을 나며 오래 소식이 끊긴 당신을 생각합니다. 당신이 뿌리를 내리고 사는 곳은 따뜻한가요? 당신이 어디에 있든지 잘 살기를 바랍니다. 생명을 가진 유기체의 살아냄은

내 몸의 사랑을
탕진하고
지금 당신을 만나

태반이 기다림으로 이루어집니다. 기다림은 침묵과 혼돈을 견디는 시련의 시간이지요. 독일 철학자 니체가 "춤추는 별 하나를 탄생시키기 위해 사람은 자신들 속에 혼돈을 지니고 있어야 한다"고 말할 때의 그 혼돈! 기다림이라는 씨앗 속의 배아인 혼돈이 체념의 내성耐性을 만듭니다. 하지만 당신, 잊지 말아요. 생명은 춤추는 별이 그러하듯이 불가능한 필연으로써 꿋꿋하게 제 앞의 불확실함을, 제 안의 혼돈을 견디며 살아남음의 영광을 취한다는 것을. 삶의 광휘는 오직 혼돈을 견딘 결과로써 눈부십니다. 당신의 처지가 나쁘다면 좋았던 날의 기억을 떠올리며 꿋꿋하게 기다리기를, 부디 불행에 꺾이지 말고 끝까지 견디며 잘 살기를 바랍니다.

　　잘 있어요, 당신.

장석주 산문집

내 몫의 사랑을 탕진하고 지금 당신을 만나

2018년 3월 5일 초판 1쇄 발행

지은이 · 장석주

펴낸이 · 김상현, 최세현
편집인 · 정법안
책임편집 · 손현미 | 디자인 · 최우영

마케팅 · 김명래, 권금숙, 양봉호, 임지윤, 최의범, 조히라
경영지원 · 김현우, 강신우 | 해외기획 · 우정민
펴낸곳 · 마음서재 | 출판신고 · 2006년 9월 25일 제406-2006-000210호
주소 · 경기도 파주시 회동길 174 파주출판도시
전화 · 031-960-4800 | 팩스 · 031-960-4806 | 이메일 · info@smpk.kr

ⓒ 장석주(저작권자와 맺은 특약에 따라 검인을 생략합니다)
ISBN 978-89-6570-601-4 (03810)

쌤앤파커스(Sam&Parkers)는 독자 여러분의 책에 관한 아이디어와 원고 투고를 설레는 마음으로 기다리고
있습니다. 책으로 엮기를 원하는 아이디어가 있으신 분은 이메일 book@smpk.kr로 간단한 개요와 취지,
연락처 등을 보내주세요. 머뭇거리지 말고 문을 두드리세요. 길이 열립니다.